KB238304

문화시리즈 **❶**

반도 인물전

아리랑고개

문화시리즈 ❶

반도 인물전

아리랑고개

정호원 편

한국학술정보㈜

|차례|

슬픈 사랑의 전설 – 운림지

운림지란 바로 퉁소소리가 맺어준 인연으로 시작된다. 이 이야기는 지금 조선 평안도 땅에서 있었던 일이다. 지금에서 제일 춥다는 중강진, 그곳에서 압록강을 따라 60리쯤 내려오면 밀림이 우거진 도마봉이라는 산이 있다. 그 산꼭대기에 올라가면 울창한 수풀 속에 맑은 물이 고여 있는 연못이 있는데, 운림지가 그 이름이다. 이곳이 슬픈 전설의 증인이다.

옛날 이 연못가에 운림이라는 처사(處士)가 살고 있었다. 처사란 예전에 벼슬을 하지 않고 초야에 묻혀 살던 선비를 말한다. 운림은 속세의 삶에 지쳐서 홀로 깊은 산속에 들어와 나날을 보내고 있었다. 막상 들어오긴 했지만 산중에서 혼자 사는 일은 쓸쓸하기 그지없었다. 지나치는 바람 소리, 새소리에도 마음이 흔들렸다.

운림은 퉁소를 벗 삼아서 하루하루를 보냈다. 날마다 해질 무렵이 되면 연못가 바위에 홀로 앉아서 하염없이 퉁소를 불었다. 그 퉁소 소리에 못가의 수풀들도 고개를 숙이고 벌레들도 잠시 울음을 멈추곤 했다.

그러던 어느 보름날, 밝은 달빛에 취한 운림은 솟아오르는 심회를 누르지 못하고 그날따라 유난히 구슬프게 퉁소 곡조를 뽑았다. 그 소리에 달도 걸음을 멈추고 연못 속의 물고기들도 잠이 깨어 귀를 기울였다.

운림은 자신의 퉁소 소리에 도취되어 밤이 깊어 가는 줄도 몰랐다. 그러기를 몇 시간째, 달이 저편으로 훌쩍 지나갈 때가 되어서야 운림은 퉁소를 거두었다.

퉁소를 품에 넣고 자리에서 일어나던 운림은 소스라치게 놀랐다. 언제 와 있었는지 앞에 웬 여인이 서 있는 게 아닌가. '뭐, 귀신 아니면 선녀겠지.' 그 얼굴은 옥같이 맑고 수줍은 자태는 이슬을 머금은 한 떨기 꽃과 같았다.

운림은 겨우 마음을 가다듬고 물었다.

"아! 하늘에서 내려왔든가 땅에서 솟아났든가! 연꽃같이 어여쁜 당신은 뉘신지요?"

여인이 말했다.

"놀라시게 해서 죄송합니다. 피리 소리에 취해서 한 걸음 한 걸음 오다 보니 어느새 예까지 이르렀네요. 아, 그 아름다운 소리를 한 곡조만 더 청해도 될까요?”

그 말에 운림은 미소를 띠며 퉁소를 꺼냈다. 운림이 부는 퉁소 소리는 은은하고도 상쾌하게 멀리멀리 퍼져나갔다. 소리에 도취된 여인은 어느새 운림의 옆으로 다가와 앉으며 어깨에 살짝 얼굴을 기댔다.

그렇게 밤을 지새우고 날이 밝았는데도 여인은 떠날 생각을 하지 않았다. 오갈 데 없는 몸이라고 하면서 거두어 달라는 것이었다.

두 사람은 꿈같이 행복한 나날을 보냈다. 연못 아래 녘 마을 사람들이 모두 ‘퉁소처사’가 천생연분을 만났다며 한마디씩 했다. 세월은 강물처럼 흘러 겨울이 가고 봄이 또왔다가 가고 여름이 찾아왔다. 그사이 세상에는 큰 근심거리가 생겼다. 봄이 왔다 가고 여름이 오는 동안 비가 한방울도 내리지 않았던 것이다. 하늘에 구름 한 점 없이 타는 듯한 불볕더위가 날이면 날마다 계속됐다. 어찌나 가물었는지 나뭇잎들이 말라붙을 지경이었다. 논밭에 곡식은 말할 것도 없었다.

가뭄이 계속되자 연못 아래 녘 마을들에는 온통 난리가 났다. 기우제를 지낸다 어쩐다 법석을 떨었지만 아무 소용이 없었다. 비는 한 방울도 떨어지지 않았다. 그러나 마을 사람보다도 더 불안해하고 초조해하는 사람이 있었다. 바로

운림의 아내였다. 밥도 못 먹고 잠도 못 자면서 입술이 부르트도록 마음을 썼다. 어여쁘던 얼굴에 핏기가 사라져 몸이 나뭇잎처럼 시들 정도였다. 이상하게 생각한 운림이 이리저리 달래봤지만 아무 소용이 없었다.

어느 날 아내가 결심한 듯 운림에게 말했다.

"전 지금까지 분에 넘치는 행복을 누려왔어요. 그러나 이제 떠날 때가 됐군요. ……전 저 연못 속 용왕의 시녀였답니다. 당신의 퉁소 소리에 이끌려서 이렇게 세상으로 나오고 말았지요. 이 사실을 아신 용왕님이 비를 내리지 않고 있는 거예요. 제가 떠나야만, 제가 물로 돌아가야만 세상 사람들이 살 수 있어요. 저를 잡지 마세요."

"아, 그건 안 돼!"

운림은 아내를 꼭 부여잡았다. 절대 보낼 수 없다고 했다. 하지만 그들의 이별은 어쩔 수 없는 운명이었다.

"달 밝은 저녁, 바람 자는 밤이면 퉁소 소리를 들려주시고 새들이 지저귀고 꽃이 피는 아침이면 연못에 임의 얼굴을 비춰주세요."

이 말을 남긴 채 여인은 치마를 뒤집어쓰고서 첨벙 물속으로 뛰어들었다. 꼬르륵─한 포기 파문만을 남긴 채 홀연히 사라졌다. 그 모습을 보고 운림은 울부짖었다.

그다음 날부터 세상엔 주룩주룩 장대비가 내리기 시작했다. 몇날 며칠 그치지 않고 흠뻑 세상을 적셨다. 사람들은 빗속을 뛰어다니면서 어린애들처럼 좋아했다. 아내를 잃은 운림은 마음이 텅 빈 사람 같았다. 그가 하는 일은 딱 두 가지였다. 틈만 나면 연못가에 가서 물을 들여다보고, 저녁이면 바위에 앉아 퉁소를 불었다. 퉁소 소리가 전보다 더 애절해서 듣는 사람마다 애간장이 끓을 정도였다.

그러던 어느 날, 유난히 보름달이 밝은 밤이었다. 운림은 다른 어느 날보다도 구슬프게 퉁소를 불기 시작했다. 그 소리는 이 세상을 넘어서 멀리 구천에까지 사무쳐 갔다. 그러던 어느 순간, 운림의 귀에 들릴 듯 말 듯 웬 목소리가 들려왔다. 운림은 귀를 기울였다. 그건 분명히 아내의 목소리였다. 그 목소리는 연못 속에서 아련히 피어오르고 있었다.

"서방님~ 서방님……."

운림은 바위에 올라서서 밝은 달을 한 번 쳐다보았다. 그의 두 눈에 달이 반짝 떠올랐다. 다음 순간, 운림은 바위를 박차고 훌쩍 연못의 품에 안기고 말았다. 영원히 그 속으로 들어간 것이다.

그 후로 퉁소처사 운림을 본 사람은 아무도 없었다. 하지만 연못을 지나다 퉁소 소리 비슷한 걸 들었다고 우기는 사람들은 몇몇 있었다. 운림이 물에 몸을 던진 이후 사람들은 그 연못을 '운림지'라고 부르기 시작했다. 지금까지 그 이름이 내려오고 있다. 슬픈 사랑의 전설로 알려진 운림지는 오늘도 목 놓아 울고 있다.

선녀와 나무꾼

옛날, 금강산 아래에 나무꾼이 살았다. 비록 가난했지만 늙은 어머니를 정성껏 모시는 착한 사람이었다. 어느 늦은 오후, 그날도 나무꾼은 낮잠 한숨 자지 않고 나무를 하러 갔다.

"오늘은 나무를 많이 했군. 저걸 내다 팔면 어머니께서 좋아하시는 엿을 사다 드릴 수 있겠구나."

나무꾼은 흐뭇한 미소를 지으며 부지런히 나무를 쌓기 시작했다.

그때였다. 난데없이 사슴 한 마리가 숨을 헐떡이며 뛰어오더니 나무꾼 앞에 우뚝 멈춰 서는 것이 아닌가.

"절 좀 살려 주세요. 사냥꾼에게 쫓기고 있어요!"

사슴은 눈물을 뚝뚝 흘리며 애원했다.

"혹시 이쪽으로 사슴 한 마리가 뛰어가는 걸 보지 못했소?"

역시 숨을 몰아쉬며 사냥꾼이 나타난 것은 이미 사슴을 나뭇짐 속에 감추어둔 뒤였다.

"저쪽으로 가던데요."

나무꾼은 숲이 우거진 산자락을 손으로 가리켰다. 사냥꾼은 허둥지둥 숲속으로 사라졌다. 목숨을 구한 사슴은 수없이 절을 하며 고마워했다. 그리고 하늘나라 선녀들이 내려와 목욕을 하는 연못을 나무꾼에게 가르쳐주었다.

"날개옷 한 벌을 몰래 감추세요. 아이 넷을 낳을 때까진 절대 보여 주면 안 됩니다. 꼭 제가 시키는 대로 하셔야 해요!"

밤이 되자 나무꾼은 사슴이 가르쳐 준 연못을 찾아갔다. 과연 선녀들이 목욕을 하고 있었다. 나무 밑에 숨어 몰래 엿보던 나무꾼은 날개옷 한 벌을 감추었다. 이윽고 밤이 깊어가자 선녀들은 하나 둘씩 날개옷을 입고 하늘로 올라갔다. 날개옷을 잃어버린 선녀는 발을 동동 구르며 안타까워했지만 어쩔 수가 없었다. 나무꾼의 아내가 된 선녀는 아이들도 낳고 행복하게 살았다.

하지만 가슴 한구석에서는 하늘나라 생각이 떠나지 않았다. 이젠 도저히 갈 수가 없다는 슬픔 때문에 남몰래 눈물 짓곤 했다. 나무꾼은 그런 아내의 모습을 볼 때마다 가슴이 무척 아팠다. 마음씨 착한 나무꾼은 사슴의 당부도 잊어버리고 날개옷을 보여주고 말았다.

"아! 내 날개옷!"

선녀는 날개옷을 끌어안고 어쩔 줄을 몰라 했다. 날개옷을 한 번 입어 보겠다던 선녀는 그 길로 아이들을 데리고 하늘로 올라가 버렸다.

아내와 아이들이 없는 집은 썰렁하기 그지없었다.

나무꾼은 날마다 하늘만 쳐다보고 있었다. 슬픔이 너무 커서 나무를 하러 갈 기운도 없었다. 어느 날, 그 사슴이 나타났다. 사슴은 그동안의 일을 낱낱이 알고 있었다.

"보름날 밤이 되면 하늘에서 연못물을 길어 올리기 위해 두레박이 내려올 거예요. 그 두레박을 타고 하늘로 올라가세요!"

두레박을 타고 하늘에 올라간 나무꾼은 그리던 아내와 아이들을 만났다. 아무런 걱정 근심 없는 하늘나라에서 나무꾼은 꿈같은 시간을 보냈다. 그러나 정말 마음이 편했을까? 나무꾼은 점점 얼굴이 핼쑥해져 갔다.

"땅에 계신 어머님이 걱정되어 그러시는 거죠?"

선녀는 다 알고 있다는 듯 나무꾼한테 용마 한 필을 내놓았다.

"이 용마가 집으로 데려다줄 거예요. 그 대신 절대 용마에서 내리면 안 돼요. 발이 땅에 닿으면 다시는 하늘로 돌아올 수 없답니다!"

나무꾼은 어머니 얼굴만이라도 볼 수 있다는 기쁨에 용마에 올랐다. 어머니는 아들을 보자 죽은 자식이 살아서 돌아온 것처럼 기뻐했다.

"어머니! 전 다시 돌아가야 해요."

용마에서 내리지 못하는 나무꾼은 안타깝게 말했다.

"애야, 조금만 기다려라. 네가 좋아하는 호박죽을 쑤어 주마. 그거라도 먹고 가렴!"

용마 위에서 호박죽을 먹던 아들은 그만 뜨거운 죽 그릇을 놓치고 말았다. 용마가 놀라 펄쩍 뛰어오르는 바람에 나무꾼은 땅바닥에 내동댕이쳐지고 말았다. 용마는 몸을 부르르 떨며 하늘로 날아가 버렸다.

나무꾼은 사슴이 나타나 주기를 기다렸지만 더 이상 볼 수가 없었다. 영영 하늘로 돌아갈 수 없게 된 나무꾼은 목이 길어지도록 하늘만 바라보고 살았다.

해와 달 이야기

먼 옛날이다. 어머니가 고개 넘어 어떤 부자 집에 방아 품을 팔러 갔다가 묵을 얻어 가지고 밤에 집으로 돌아왔다. 도중 산중에서 호랑이를 만났다.

"묵 하나 주면 안 잡아먹지." 하기에 한 개를 주었다.

조금 있다가 또 나와서 여전한 요구를 하였다. 그것이 여러 차례 반복됨을 따라 가졌던 묵은 다 없어졌다. 이번에는 "옷 벗어 주면 안 잡아먹지." 하므로 치마를 주었다.

이어서 저고리, 바지, 속적삼, 속옷까지 다 주고 가랑잎으로 몸을 가리고 갔다. 호랑이는 계속하여 나왔다. 팔과 다리를 요구하고 최후에는 몸뚱이까지를 요구하였으므로 어머니는 마침내 호랑이에게 잡아먹히고 말았다. 호랑이는 어머니의 옷을 입고 어머니의 집으로 갔다. 집에는 세 아이가 고픈 배를 쥐고 어미를 기다리고 있었다.

"내가 왔다. 문 좀 열어라."

하므로 아이들은 문을 열고자 하였으나 말소리가 다르므로 손을 보자고 하였다. 문틈으로 내민 손을 만져보고 아이들은

"어머니 손이 왜 이리 거칠어요?" 하니 호랑이는

"흙일을 하였으므로 그렇다."고 답하였다. 아이들은 문을 열어주었다.

"묵을 데워 가지고 올게. 조금만 있어라." 하고 호랑이는 젖먹이를 데리고 부엌으로 나갔다.

부엌에서 뽀도독뽀도독 음식 깨무는 소리가 나자 무엇을 먹느냐고 아이들이 물었다. 호랑이는 콩을 먹는다고 하였다.

문틈으로 내다보니 호랑이는 아기를 먹고 최후에 그 손가락을 먹는 중이었다. 방에 있는 두 아이는 크게 놀라 뒷문으로 달아나서 뜰 앞에 있는 고목 위에 올라갔다. 호랑이는 아이들을 찾다가 고목 밑에 있는 우물 속을 내려다보았다.

물속에 있는 아이들의 그림자를 보고 그것이 정말 아이인가 하여

"요놈들을 낚시로 낚아낼까, 조리로 건져낼까?!" 하므로 나무 위에 있던 둘째 계집아이가 하하 웃었다.

호랑이는 아이들을 쳐다보고

“너희들은 어떻게 올라갔니?” 하고 물었다.

“뒷집에 가서 참기름을 얻어다 바르고 올라왔다.” 하였다.

호랑이는 참기름을 얻어다 발랐으나 미끄러워서 오르지 못하였다. 또 어떻게 올라갔느냐고 묻자.

“뒷집에 가서 들기름을 얻어 바르고 올라왔다.”고 하였다. 호랑이는 그래도 오르지 못하였다. 세 번째로 호랑이가 물었을 때 계집아이는

“도끼로 찍고 올라왔지요.” 하였다. 그러자 호랑이는 도끼로 나무를 찍어 발 버팀을 만들면서 올라왔다. 아이들은 급한 마음에

“맙소사! 어머니 하늘에 가신 어머님, 우리를 살리시려거든 새 동아줄을 내려 보내주시고 죽이시려거든 썩은 줄을 내려 주세요.” 하고 소리쳤다.

새 줄이 내려왔다. 아이 남매는 그것을 타고 하늘로 올라갔다. 호랑이는 제가 악한 줄 알고 옥황상제를 속이고자

“옥황상제님 저를 살리려거든 썩은 줄을 내려 주시고 죽이려거든 새 동아줄을 내려 주십시오.” 하였다. 호랑이의 원대로 썩은 줄이 내려왔다. 호랑이는 그것을 붙들고 올라가다가 줄이 끊어져 떨어지면서 수숫대에 항문이 찔려 죽었다.

그 피가 수숫대에 스며들어 지금도 수숫대는 붉은 점이 있다고 한다.

옥황상제는 두 남매를 불러다 놓고

"여기서는 놀고먹지 못한다. 오라비는 해가 되고 누이는 달이 되어라." 하고 명령하였다. 그러자 누이는

"밤에 혼자 다니려니 무서워서 안 되겠어요. 나하고 바꿔요." 하여 오라비는 그것을 허락하였다.

그러나 누이는 낮에 다니려 하니 여러 사람들이 쳐다보아 부끄러워서 강렬한 광선을 발하여 보는 사람의 눈을 부시게 하였다. 그래서 지금도 우리는 태양을 바로 쳐다볼 수 없다고 한다.

호랑이 처녀와 맺은 인연

　신라 풍속에 음력 2월 초파일부터 보름날까지 청춘 남녀가 흥륜사의 탑을 돌면서 복을 비는 관습이 있었다.

　신라 38대 원성왕(元聖王: 785~798) 때이다. 김현(金現)이란 청년이 밤늦게까지 탑 주위를 돌다가 우연히 아리따운 한 처녀를 만나 사랑하게 되었다.

　어느 날이었다. 김현은 처녀의 신분을 알아보기 위해 그 처녀의 뒤를 따라가 보니 처녀는 뜻밖에도 무서운 호랑이로 변신하였다.

　그리고 이 처녀에게는 성질이 사납고 무서운 세 호랑이 오빠가 있었는데 이 호랑이들의 횡포가 너무 지나쳐 하늘의 천신이 징계차원으로 내일은 세 호랑이 중에 한 마리를 죽이려던 시기였다.

이에 처녀는 오라비들을 대신하여 스스로 죽을 각오를 하고 그녀는 김현에게 부탁하기를 "내가 내일 시장거리에 나타나 많은 사람을 해칠 터이니 낭군께서는 나를 잡아 죽여 그 공으로 높은 벼슬에 오르십시오."라고 했다.

그러나 김현이 그녀의 청을 거절하니 "이것은 어차피 어길 수 없는 천명(天命)이니 기왕 죽을 바에는 차라리 낭군님 손에 죽고 싶다."고 애원을 하는 것이었다.

드디어 날이 바뀐 이튿날이었다. 과연 시장바닥에 사나운 호랑이 한 마리가 나타나 많은 사람들을 해치자 나라에서는 큰상을 내걸고 호랑이를 잡게 하였다.

이렇게 되자 김현은 어제 저녁에 그녀가 일러준 대로 숲속에 이르렀다. 과연 호랑이 처녀가 나와 기꺼이 맞이하며 스스로 칼을 빼어 목을 찔러 죽자 그녀의 몸뚱이는 곧 호랑이로 변했다.

이리하여 김현은 사나운 호랑이를 잡았다는 그 공에 의하여 높은 벼슬자리를 얻게 되었다.

그 후 김현은 호원사라는 절을 지어 죽은 호랑이 처녀의 명복을 빌어주었다 한다.

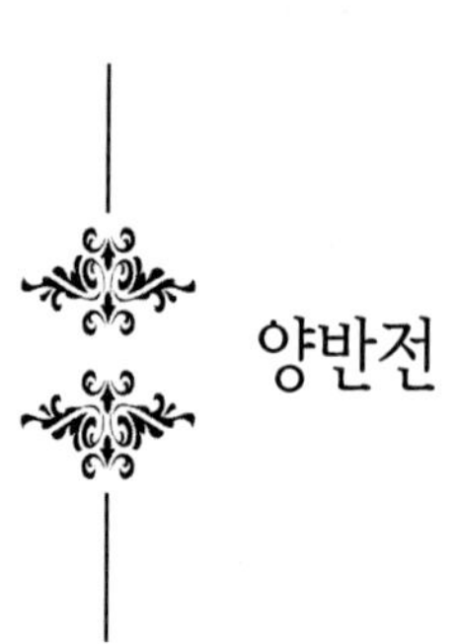

양반전

양반이란 문벌이 높은 집안을 높여서 부르는 말이다. 강원도 정선 고을에 한 양반이 살고 있었다. 그는 성품이 무척 어질고 글 읽기를 매양 좋아했다. 이 고을에 새로 부임해오는 군수는 의례 이 양반을 먼저 찾아보고 그에게 두터운 경의를 표하는 것이 통례로 되어 있었다. 그러나 워낙 집이 가난해서 관곡을 꾸어 먹은 것이 여러 해 동안에 1,000석이나 되었다.

어느 때 관찰사가 그 고을을 순행하게 되었다. 관곡을 조사해보고 난 관찰사는 몹시 노했다.

"어떤 놈의 양반이 군량에 쓸 곡식을 축냈단 말이냐?!"

이렇게 호통을 치고 나서 그 양반이란 자를 잡아 가두라고 했다. 명령을 받은 군수는 속으로 그 양반을 무척 불쌍히 여겼다. 하지만 갚을 방도가 없으니 어찌하랴. 차마 잡아다가 가둘 수는 없고 상사의 명령에 복종하지 않을 수도 없었다. 일은 매우 딱하게 되었다.

이 지경에 이른 양반은 밤낮으로 울기만 할 뿐 아무런 대책도 세울 수 없었다. 그 아내가 남편에게 푸념을 했다.

"당신이 평생 앉아서 글만 읽더니 이제 관곡을 갚을 방도도 없게 되었구려. 에이! 더럽소. 양반 양반 하더니 그 양반이란 것이 한 푼 값어치도 못 되는 것이로구려!"

그 마을에는 부자 한 사람이 살고 있었다. 양반이 봉변을 당하게 된 내력을 듣고 집안끼리 의논이 벌어졌다.

"양반이란 아무리 가난해도 항상 존귀하고 영화스러운 것이다. 나는 아무리 돈이 많아도 항상 비천을 면치 못한단 말이야. 말을 한 번 타보지도 못하고 양반만 만나면 쩔쩔 매고 코를 끌고 무릎으로 기어야 하니 참으로 더러운 일이란 말이야. 그런데 지금 양반이 관곡을 못 갚아서 곤욕을 당하게 되었다니…… 이제는 그 양반을 지탱할 수가 없을 거야. 그러니 내가 그 양반을 사서 행세하는 게 어떻겠는가?!"

의논을 매듭지은 부자는 즉시 양반을 찾아가서 자기가 관곡을 갚겠노라고 자청했다. 양반은 몹시 기뻐했다. 약속대로 부자가 관청에 나가 그 관곡을 모두 갚아주었다. 군수는 영문을 모르고 깜짝 놀라서 양반을 찾아 까닭을 물었다.

양반은 벙거지를 쓰고 잠방이 바람으로 땅에 엎드려 쩔쩔 매면서 "소인", "소인" 하고 자기를 낮추고 감히 군수를 쳐다보지도 못했다. 군수는 더욱 놀라서 양반을 붙들어 일으키면서 말했다.

"이게 어찌 된 일이오? 대관절 왜 이러는 거요?!"

그러나 양반은 더욱 황송해하면서 머리를 조아리고 엎드린 채 말했다.

"황송하옵니다. 소인이 양반을 팔아서 관곡을 갚은 것이옵니다. 하오니 이제부터는 저 건너 부자가 양반입니다. 소인이 어찌 다시 옛 모양으로 거만하게 굴 수가 있겠습니까?"

듣고 나서 군수는 감탄하였다.

"참 군자이고 양반이오그려. 그 부자란 사람은 부자가 되었으면서도 인색하지 않으니 이것은 의리가 있는 것이요, 남의 어려운 일을 자기 일처럼 급하게 여겼으니 이것은 어진 것이요, 낮은 것을 미워하고 높은 것을 사모하니 이는 지혜가 있는 것입니다그려. 이 사람이야말로 참으로 양반이로군요. 그렇지만 양반을 사사로이 두 사람이 매매하고 아무런 증서도 만들지 않고 보면 후일에 반드시 소송이 일기 쉽소. 그러니 내가 고을 사람을 모아놓고 증인을 서주고 증서도 만들어야만 모든 사람들이 신용할게요. 그리고 군수인 내가 서명을 해주겠소!"

이렇게 되어 군수는 마침내 고을 안에 사는 모든 양반들을 불렀다. 그 밖의 농사꾼, 공장, 장사치까지 모두 모이라 했다.

부자는 오른편 높직한 자리에 앉히고 양반은 뜰 밑에 세워놓았다. 그러고는 증서를 만들어 읽었다.

"건륭 10년 9월 1일에 이 증서를 만든다. 양반을 팔아서 관곡을 갚았으니 그 값이 곡식으로 1,000석이나 된다. 원래 양반에는 여러 가지가 있다. 글만 읽는 것은 선비요, 정치에 종사하면 대부라 하고 덕이 있는 자는 군자라고 한다. 무반은 서쪽에 서고 문반은 동쪽에 선다. 그래서 이것을 양반이라고 한다. 이 중에서 너는 맘대로 고르면 된다. 절대로 비루한 일은 하지 말아야 하고 옛사람들 본받아 그 뜻을 숭상해야 할 것이다. 새벽 오경이면 일어나 초불을 돋우고 앉아서 눈으로는 코끝을 내려다보고 무릎을 꿇어 발꿈치는 궁둥이를 받친다. 배고픈 것을 참고 추운 것도 견디어내며 입으로 가난하단 말을 하지 않는다. 이를 마주 부딪치면서 뒤통수를 주먹으로 두드리고 작은 기침에 입맛을 다신다. 소맷자락으로 관을 쓸어서 쓰는데 먼지 터는 소맷자락이 마치 물결이 이는 듯해야 한다. 손을 씻을 때 주먹을 쥐고 문지르지 말며 양치질을 해서 냄새가 나지 않게 한다. 긴 목소리로 종을 부르고 느린 걸음걸이로 신을 끈다. 손으로 돈을 만지지 않고 쌀값을 묻는 법이 없다. 아무리 더워도 버선을 벗지 않고 밥을 먹을 때 맨상투 바람으로 먹지 않는다. 밥 먹을 때에는 먼저 국부터 마시지 말고 넘어가는 소리를 내지 않는다. 젓가락을 방아 찧듯이 자주 놀리지 않고 날파를 먹지 않는다. 술을 마실 때 수염을 빨지 않고 담배를 피울 때 볼이 부러지도록 연기를 들이마시지 않는다. 아무리 화가 나도 아내를 때리지 않고 노여운 일이 있다고 해도 그릇을 던지지 않는다. 주먹으로 아이들을 때리지 않고 종놈을 '죽일 놈'이라고 꾸짖지 않는다. 소나 말을 나무랄 때에 그 주인은 욕하지 않는다. 화로에 손을 쬐지 않고 말할 때 침이 튀지 않게 한다. 소를 잡아먹지 않고 돈 놓고 노름을 하지 않는다. 이러한 100가지 행동이 만일 양반과 다를 때에는 이 문서를 가지고 관청에 가서 고치게 할 것이다."

이렇게 쓰고 성주 정선군수가 수결을 하고 좌수와 별감도 모두 서명을 했다. 이것이 끝나자 통인이 도장을 내다가 여기저기 찍었다. 그 소리는 마치 큰북을 치는 소리와 같았고 찍어놓은 모양은 별들이 널려 있는 것 같았다.

이것을 고을 구실아치의 우두머리라는 호장이 다 읽고 나자 부자는 좋지 않은 안색으로 한참 생각하다가 말했다.

"양반이란 겨우 이것뿐입니까? 내가 듣기에 양반은 신선과 같다던데 겨우 이것뿐이라면 별로 신통한 맛이 없군요. 더 좀 좋은 일이 있도록 고쳐주십시오!"

이에 군수는 문서를 고쳐 다시 썼다.

"하늘이 이 백성을 낼 때 네 종류의 백성을 만들었다. 이 네 가지 백성 중에 가장 귀한 것이 선비요, 이것을 양 반이라 하는데 이보다 더 좋은 것은 없다. 농사도 짓지 않 고 장사도 하지 않아도 된다. 글만 조금 하면 크게는 문과 로 나가게 되고 작아도 진사는 된다. 문과의 홍패라는 것은 크기가 두 자도 못 되지만 여기에는 100가지 물건이 갖추 어져 있다. 이것을 돈 자루라고 부른다. 진사는 나이 30에 초사를 해도 이름이 나고 딴 모든 벼슬도 할 수가 있다. 방에는 기생이나 앉혀두고 뜰에 서 있는 나무에는 학을 친 다. 궁한 선비가 되어 시골에 살아도 자기 맘대로 할 수가 있으니 이웃집 소를 가져다가 자기 밭 먼저 갈고 마을 사 람을 불러다가 내 밭 먼저 김매게 한다. 이렇게 해도 어느 누구도 욕하지 못한다. 잡아다가 잿물을 코에 들이붓고 상 투를 잡아매어 벌을 준 대도 아무도 원망하지 못한다!"

부자는 그 증서를 받자 혀를 내밀어 보이면서 말했다.

"제발 그만두시오. 맹랑합니다그려. 나를 도둑놈으로 만 들 작정이시오?"

이렇게 말하고 부자는 머리를 손으로 싸고서 달아나버렸 다. 그러고는 죽을 때까지 다시는 '양반'이란 말을 입 밖에 내지 않았다.

충절녀 논개

지금으로부터 4백여 년 전이다. 밤 여덟(時) 시경 주 진사(朱進士) 내외는 저녁밥을 먹고 내일에의 살림꾸리기와 가정을 어떻게 이끌어가야 할지 등을 다정하게 의논하고 있었다.

남편 주 진사는 배가 남산만큼 부풀어 만삭이 된 부인을 바라보며 "여보, 해산달이 언제요?" 하고 정중하게 묻자 부인은 수줍어하는 모습을 지으면서 "서방님, 별걸 다 물으세요. 그런 일은 우리 같은 아낙네가 관여할 일이지 서방님 같은 선비께서는 모른 체하시는 거예요." 하며 부인의 이 말이 막 끝나자마자 "아이구! 배야, 왜 이렇게 배가 아프지?" 하며 진통이 시작되는 듯 부인의 얼굴은 심하게 일그러졌다.

부인은 아파나는 아랫배를 자신의 손으로 쓰다듬으며 혹시나 해서 소피를 보았지만 그래도 양쪽 방광이 쏟아지는 듯 무겁고 진통은 더욱 심해갔다. 이상하다 싶어 배를 자세히 쳐다보았더니 배 속에서 태아가 노는 양 뱃가죽이 움직였다.

그때야 부인은 해산을 하게 될 모양이라는 생각이 들어 방으로 들어가 이부자리를 깔고 누웠다. 곁에 있던 주 진사는 부인이 해산할 기미를 보이자 밖으로 나와 담배를 피우고 있었다.

방 안에 혼자 남은 부인이 신음소리를 내며 문고리를 잡고 안간힘을 주는 모습이 불빛 그림자로 비추어 나타났다.

부인이 그렇게 몸부림을 치자 밖에 있던 주 진사는 어쩔 줄 모르고 발만 동동 구리고 있는데 갑자기 “응애~응애~” 하는 힘찬 아기 울음소리가 유난스럽게도 카랑카랑하게 울려 퍼졌다.

주 진사는 아기 울음소리가 힘찬 것으로 보아 “사내아이구나” 하는 생각을 하였으나 실은 바로 저 유명한 논개(論介)가 탄생되는 순간이었다.

논개가 태어난 해는 갑술년(甲戌年)으로 음력 9월이라서 달의 상징인 간지도 갑술(甲戌)이고 그날이 마침 9월 9일이었으므로 낳은 날짜의 간지도 갑술이다.

워낙 논개의 미색이 절륜하고 언행이 단정하여 많은 사람들이 칭찬을 아끼지 않았다. 그러나 재물에 남다르게 욕심이 많은 작은아버지는 논개를 이웃마을 부잣집 며느리로 내줘버렸다. 논개의 신랑은 사람노릇을 도저히 할 수 없는 백치(白癡)병신이었다.

기가 막힌 논개는 이왕에 시집을 온 이상 마음을 굳게 먹고 잘 살아보려고 노력했지만 날마다 발작을 하는 신랑 병세를 더 이상 보고 있을 수 없는 참담한 상황이었다. 고통에 견디다 못한 논개는 울며불며 맨발로 외가에 피신해 가기에 이르렀다. 급기야는 신랑집의 고발로 포졸들에게 잡혀 옥살이를 하게 되었다.

그러나 장수 현감에 의해서 문초를 받기 시작한 논개는 모든 것을 사실대로 털어놓았다. 뒤늦게야 논개 작은아버지의 간계(奸計)에 빠져들었음을 알게 된 현감 최경회(崔慶會)는 정상을 참작하여 논개에게는 무죄를 내리고 대신 딸을 고생시킨 명목으로 논개 어머니에게 2년의 관청에서 종살이를 하라는 일종의 관비형(官婢形)을 내렸다.

갈 곳이 없게 된 논개는 현감 최경회의 보살핌으로 그의 집에서 기거하게 되었다. 친부녀처럼 생각하고 살아가던 두 사람에게 큰 변화가 일고 있었다. 그것은 논개 나이 열아홉 살이 될 무렵 공교롭게도 최경회의 부인이 몸져눕고 얼마 지나지 않아 그만 병사하고 말았다.

주위 정세가 이렇게 되자 논개는 최경회의 후실이 돼 그런 대로 행복하게 살아가고 있었다. 그러나 운명의 장난은 그것으로 끝나지 않았다. 한 여자로서 행복하게 살아가던 논개에게 엄청난 충격의 비보가 날아들었다.

임진왜란의 국난이 있자 최경회는 경상우도 병마절도사(慶尙右道 兵馬節度使)로 전쟁에 나가게 됐는데 그만 진주 성싸움에서 장렬한 전사를 하고 말았다.

남편의 전사비보를 받은 논개는 그 자리에서 비장한 각오를 했다.

"남의 나라를 침략한 왜놈들 두고 봐라! 이 소첩이 서방님의 원수를 갚고 말 것이다!"

때마침 칠월칠석(七月七夕)을 맞은 왜장들은 촉석루(矗石樓)에서 승전을 기념하는 대연회를 베풀고 흥청망청 놀고 있었다.

논개는 많은 조선 기생들이 왜장들 사이에서 춤과 노래로 그들을 즐겁게 하는 틈을 타 기생으로 변복을 하고 노래와 가야금 반주로 왜장들의 가슴을 들뜨게 하기 시작했다. 절세의 미인인데다가 노래와 가야금 솜씨가 뛰어난 논개는 왜장들끼리도 서로 질투하는 대상이 되었다. 논개는 이미 죽기로 결심해 아무것도 두려울 게 없었다.

논개의 자태에 몸이 확 달아오른 것은 왜장인 게야무라 후미스케[毛谷村文助]였다. 그놈은 자리에서 벌떡 일어나 논개에게 춤을 요청했다. 논개는 마음속으로 "이놈, 너는 오늘이 제삿날이다. 타향 이국만리 와서 죽는 게 불쌍하기도 하나 서방님의 원수를 갚고 나라에 충성을 하기 위해선 어쩔 수 없다!"고 생각하며 응했다.

논개는 금방이라도 왜장의 얼굴에 침이라도 뱉고 싶은 복받치는 감정을 억누르고 왜장을 촉석루 난간으로 점점 유인했다. 수백 척이나 되는 촉석루 절벽 아래는 보기만 해도 오금이 저릴 정도로 무서운 파도가 출렁이는데 논개에게 완전히 넋이 빠진 왜장은 한 치라도 더 논개를 자신의 품 안으로 끌어당기려 추태를 부렸다.

논개는 "서방님, 왜 그러시나이까? 제가 이렇게 껴안아 드리면 되질 않습니까?" 하면서 있는 힘을 다하여 왜장을 껴안고는 재빠르게 왜장을 난간 쪽으로 위치를 바꾸어 복수의 괴력을 다해 밀어붙였다.

처음에는 왜장이 떨어지지 않으려고 안간힘을 썼지만 이미 그것은 최후의 발악으로 발버둥치는 몸짓일 뿐이었다. 그리고 미리 논개는 계획적으로 열 손가락 마디마다 반지를 끼고 이러한 행동을 했기 때문에 술에 취한 왜장도 어쩔 도리가 없었다. 이렇게 해서 논개는 왜장을 껴안은 채 물속으로 뛰어들어 한 많은 일생을 마치게 되었던 것이다.

훗날 논개가 왜장을 껴안고 뛰어내렸던 바위를 의암(義 岩)이라 불렀으며 사당(祠堂)을 세워 제사를 지냈다. 1846

년(헌종 12) 당시의 현감 정주석(鄭胄錫)이 장수군 장수면(長水面) 장수리에 논개가 자라난 고장임을 기념하기 위하여 논개생향비(論介生鄕碑)를 건립하였다.

그가 비문을 짓고 그의 아들이 글씨를 썼다. 1956년 '논개사당'(論介祠堂)을 건립할 때 땅 속에 파묻혀 있던 것을 현 위치에 옮겨놓았다. 장수군에서는 매년 9월 9일에 논개를 추모하기 위해 논개제전(論介祭典)을 열고 있다. 이날은 장수군에서 논개 아가씨를 선발하고 기념탑을 참배하는 등 논개의 정신을 되새기는 각종 민속행사를 가진다.

기록에 따라 논개가 의기였다는 설과 또는 남편의 복수를 위하여 기생으로 변복했다는 설이 있는데 어느 것이 진설인지는 차치물론하고 여기서는 다만 논개의 행적만을 전하기로 한다.

아랑의 전설

　　옛날 어떤 고을 청사에는 항상 귀신이 나서 신관이 부임하기만 하면 반드시 그날 밤 안으로 죽어버리는 괴이한 일이 있었다. 그래서 그 고을 군수의 직을 원하는 자는 한 사람도 없게 되었다. 조정에서는 하루라도 관장의 자리를 비어둘 수가 없으므로 부득이 지원자를 모집하게 되었다. 그러나 누구든지 생명을 아까워함으로 아무도 지원하는 자는 없었다.

　　그러할 때에 한 사람의 지원자가 나타났다. 그는 호탕한 기질과 불굴의 용담을 가졌으나 인물이 변변하지 못하였으므로 항상 불행한 경우에 있었다. 그는 그 고을 관청에서 요괴가 자주 나서 신관이 부임 당일 밤에 항상 죽어버린다는 말을 듣고 그까짓 귀신이 무엇이냐고 대담스럽게 지원한 것이었다. 조정에서는 아무 이의 없이 그자를 그 고을 군수로 임명하였다.

군수로 부임하던 날 밤, 그는 객사에서 혼자 자기로 하였다. 역리들은 그의 어림없는 행동을 보고 호위 병졸을 많이 데리고 자기를 충고하였다. 허지만 그는 그것을 거절하고 다만 많은 촛불만을 예비하여 두라고 명령하였다. 그는 방 안에 촛불을 찢어지게 수없이 밝히고 밤들기를 기다렸다.

밤중이 되었을 때 별안간 찬 기운이 방 안에 돌더니 일진광풍이 일어나며 굳게 닫힌 문이 화닥닥 열리고 촛불은 꺼질락 말락 하였다. 상당히 담대한 그도 잠깐은 기절할 뻔하였다. 그러나 그는 다시 정신을 차려서 급히 주역의 주문을 큰 소리로 읽었다.

방 안은 잠깐 동안 깊은 정적이 계속되다가 잠시 후 한쪽 방문이 소리 없이 슬그머니 열리면서 뼈를 찌르는 듯한 찬 기운과 함께 머리를 산발하고 전신에 피를 흘리는 요괴가 눈앞에 우뚝 나타났다. 그는 연해 주문만을 높이 읽었다.

그 요괴는 다시 사라지고 주위는 다시 조용해졌다. 세 번째는 어떤 여인의 소리가 문 밖에서 나며 방 안에 있는 사람을 불렀다. 그는 두세 번 생각하다가 누구냐고 대답하였다. 여인은 애원하는 듯한 말소리로 "나는 귀신도 아니오, 사람도 아니나 원호할 말이 있으니 문을 열어 주시오!"

라고 하였다. 그는 비로소 그 요귀가 원혼임을 알았다. 그리고 몸을 부들부들 떨면서도 대담하게 방문을 열어주었다. 어떤 소복한 미녀가 목에 칼을 꽂은 채 방 안으로 들어와서 그의 앞에 절하였다. 그는 여인의 태도에 겨우 마음을 놓고 무슨 원통이 있느냐고 물었다. 여인의 호소는 이러하였다.

"나는 원래 이 고을의 수청하는 기생으로서 통인 아무개가 자기의 요구를 듣지 아니한다고 이렇게 나를 목 찔러 죽이고 나의 시체를 객사 뒤 고목 속에 거꾸로 집어넣었으므로 당시의 관장에게 이것을 호소하려고 하였으나 나의 모양에 겁내어 죽고 그 뒤 신관이 부임할 때마다 그들의 담력을 시험하기 위하여 아까 한 태도를 하여 보았으나 그들은 모두 실신하여 죽어버렸습니다. 그러나 지금 당신의 담용을 보니 가히 나의 원을 풀어줄 만하기에 이렇게 본형으로 나타나서 호소하는 것입니다. 통인 놈은 나의 목에 칼을 찌른 후 나의 명이 채 다 끊어지지도 아니한 것을 고목 속에 쳐 넣었으므로 나는 지금 산 사람도 못 되고 죽은 사람도 되지 아니하였습니다. 나를 죽인 통인은 지금도 이 고을에 통인으로 있는 자이오니 그놈을 처참하고 나의 시체를 고목에서 끄집어낸 뒤에 목에 칼을 뽑고 몸을 바로 하여 매장하여 주시면 원을 풀고 저승길을 떠날 수 있겠습니다!" 하고 백배하면서 물러 나갔다.

그러나 그는 그날 밤 조금도 잠을 이루지 못하였다.

아침에 날이 밝자 역졸들은 신관의 시체를 처리하고자 거적때기를 준비하여 가지고 객사 안으로 들어왔다. 방문을 열고 신관이 살아 있는 것을 보고 역졸들은 대경실색하였다. 신관은 그날 곧 통인을 고문하여 보았다. 통인은 할 수 없이 시종을 자백하였다.

그래서 원혼의 말이 거짓이 아님을 알고 곧 객사 뒤 고목 속에 그의 시체를 찾아보았다. 정말 목에 칼을 찔린 채 거꾸로 박힌 시체가 나왔다. 신관은 곧 시체의 목에서 칼을 뽑고 묘지를 구하여 매장을 하여 주었다. 그리고 통인은 참형에 처하였다.

그 뒤로 그는 명관이란 말을 듣게 되고 그 고을 청사의 요괴도 없어지게 되었다고 한다.

백도라지꽃

아득한 옛날이었다. 화천 땅 어느 고을에 도라지라고 부르는 예쁜 처녀가 살고 있었다.

도라지 처녀는 무남독녀 외동딸이라 부모의 사랑을 독차지하고 살았다. 그러던 어느 해였다.

도라지 처녀는 나이가 들어 가슴이 설레고 한껏 부풀어 오르기 시작할 무렵이었다.

어느 날 도라지 처녀가 마을 뒷산으로 나물을 캐러 올라갔다.

그런데 그 산비탈에 오두막집을 짓고 약초를 캐면서 근근이 살아가는 총각이 있었다.

도라지 처녀는 그 총각을 보자마자 첫눈에 그만 반해버

리고 말았다.

이제까지 마음에 그려오던 임이 바로 그 총각인 상 싶었다.

그러나 도라지 처녀는 총각에게 말 한 마디 건네지 못하고 두근거리는 가슴을 안고 산을 내려왔다.

비록 남루한 옷을 걸치었을망정 남아의 기상이 철철 넘치는 총각이었다.

도라지 처녀의 가슴에는 사모의 불길이 활활 타올랐다.

"도련님 이토록 사모하는 소녀의 마음을 알아주시겠습니까?"

도라지 처녀는 입 속으로 중얼거리기만 했다.

그로부터 도라지 처녀의 눈에는 그 총각의 자태가 자나 깨나 아른거렸다.

도라지 처녀는 마침내 상사병에 걸리고 말았다.

날이 갈수록 괴로움이 더 했으며 몰골도 수척해져서 말이 아니었다.

도라지 처녀는 혼자 끙끙 앓으면서 애타게 그 총각을 그리워하였다.

이러한 사정을 모르는 도라지 처녀의 부모는 매파를 놓아 사윗감을 골랐다.

여기저기서 청혼이 들어왔다. 문턱에 불이 날 지경이었다.

하지만 그녀의 부모는 애지중지 길러온 외동딸의 배필을 고르는 데 무척 엄격하였다.

사방에서 들어온 혼사를 물리쳐 오던 중 꼭 마음에 드는 혼처가 있었다.

"박 서방네 큰아들이라면 우리 애와 천생 배필일 거요!"

"네 정말 그래요……."

"박 서방 댁과 사돈을 맺기로 하세요!"

도라지 처녀의 괴로움을 모르는 그녀의 부모는 걱정이 되면서도 좋은 사윗감이 생겨서 흐뭇한 기분이기도 했다.

이윽고 박 서방의 아들과 도라지 처녀의 혼사가 맺어졌다.

혼인날이 점점 가까워 올수록 도라지 처녀의 마음은 더욱 아팠고 불행에 잠겼다.

도라지 처녀로서는 뒷산에 사는 그 총각 외에는 어느 총각도 마음에 들지 않았던 것이다.

마침내 도라지 처녀는 몸져눕게 되었다.

그녀의 부모는 사방에서 갖가지 약을 구해 먹였으나 도라지 처녀의 병은 점점 더 위독해갔다.

혼인날도 사흘을 남겨놓게 되었다.

그러나 신부가 자리에 누워 일어나지를 못하고 있으니 잔치 준비는 당치도 않았다.

그녀의 부모는 걱정이 태산 같았다. 무슨 병인지 병명이라도 알았으면 좀 마음이 편할 것 같았다.

밤을 새워가며 그녀의 부모는 간호를 했지만 도라지 처녀의 병은 회복될 조짐이 전혀 없었다.

내일 모레면 혼인날이었다. 바로 그날 밤에 도라지 처녀

는 힘없는 눈을 뜨고 한숨을 쉬면서

"아버님, 어머님, 먼저 가는 저를 용서하세요. 제가 죽거들랑 부디 저 뒷산 길가에 묻어 주세요……."

하고 더듬더듬 말을 하더니 죽고 말았다. 손말명이었다.

그녀가 묻히기를 바라는 곳은 총각이 사는 길가였다.

"아니 얘 도라지야, 네가 죽으면 이 늙은것들은 어찌 살란 말이냐?"

도라지 처녀의 부모는 슬피 통곡을 하면서 싸늘하게 식어가는 딸의 몸을 흔들었으나 소용이 없었다.

도라지 처녀의 부모는 그녀의 유언대로 뒷산 길가에 고이 묻어주었다.

그러자 그해 가을 도라지 처녀의 무덤에는 하얀 꽃이 피어났다.

그 꽃은 지금까지 그 누구도 전혀 보지 못했던 새하얀 꽃송이였다.

그 이름 모를 흰 꽃은 해마다 가을이 되면 그녀의 무덤에서 피어나는 것이었다.

그래서 사람들은 도라지 처녀의 무덤에서 솟아나는 꽃이라 하여 그 꽃을 '백도라지꽃'이라 불렀다는 것이다.

백도라지꽃은 실로 매력과 저력을 다분히 지녔나 보다. 그 전설유래를 두고 부동한 설화를 남겨둔 것이 구비문학의 한 지류이다. 여기에 그 다른 일파를 소개하자.

옛날 도가 성을 가진 한 농군이 금강산 기슭에서 늦게야 딸을 보았는데 라지라고 이름 지었다. 라지는 석 달 만에 어머니를 잃고 아버지 등에 업혀 동냥젖으로 자랐다. 아름다운 처녀로 자라난 라지는 한마을에 사는 나무꾼 총각과 사랑하는 사이가 되었다.

그런데 품행이 바르고 절색인 라지의 용모에 눈독을 들인 그 고을 악질 관리가 라지를 탐내어 어르기도 하고 윽박지르기도 하면서 수청을 들라고 하였다. 그래도 순종하지 않자 나중에는 라지를 끌어내어 강제로 자신의 욕망을 이루려고 하였다.

라지는 나무꾼 총각과 다짐한 약속을 죽어도 어길 수 없어 끝까지 거절하였다. 악에 바친 관리는 라지를 형틀에 묶고 모진 매를 가했다. 라지는 형틀에서 운명을 예감하고는 마지막으로 나무꾼 총각이 다니는 산길 섶에 묻어달라는 유언을 남기고 숨졌다.

그의 아버지와 마을 사람들은 그의 유언대로 해주었다. 라지가 끝까지 처녀의 절개를 지키고 죽었다는 슬픈 소식을 들은 나무꾼 총각은 라지의 무덤으로 한달음에 달려갔다. 그런데 이상하게 라지의 무덤에 하얀 꽃 한 송이가 곱게 피어 있는 게 아닌가? 총각은 그 꽃을 보고 '백도라지꽃'이라고 불렀다.

사람들은 모진 악과 부정, 권력과 불의 앞에서도 굴하지

않고 자기의 지조를 지킨 라지를 찬탄해마지 않았다. 여성
의 강인한 성품을 보여준 라지를 생각하면서 그 꽃을 처녀
의 성과 이름을 붙여 도라지라고 하다가 나중에는 아예 꽃
색이 희다고 하여 백도라지꽃이라고 불렀다.

아리랑 전설

아리랑은 어느 시대에 생겨났는지 정확하지 않으나 백의 동포들마다 거의 모르는 사람이 없다. 타 민족이나 타국에 서도 이미 골고루 파급된 우리민족의 설화와 정서가 스며 든 대표적인 민요다.

아리랑의 기원설에는 여러 가지가 있는데 대체로 여음인 '아리랑'의 어원에서 그 바탕을 찾고 있다. 아리랑에 대한 연구를 시작한 시기는 1930년대를 전후한 시기이다. 이런 이유로 어원설은 대체로 아리랑의 최초의 형태가 1930년대 에 정착된 아리랑과 유사할 것을 전제로 하고 있다. 아리랑 이라는 말을 실사(實詞)로 보는 것을 전제로 하고 있다.

① 아리랑(我離娘): 나는 사랑하는 임을 떠난다는 뜻을

갖고 있는 말에서 유래했다는 설,

② 아이롱설(我耳聾說): 대원군의 경복궁 중건 때 고생하던 민중들이 반가운 말은 못 듣고 괴로운 말만 듣게 되니 차라리 "귀가 먹었으면 좋겠다."라고 한 말에서 나왔다는 설,

③ 아랑전설(阿娘傳說): 밀양 영남루의 아랑 낭자의 억울한 죽음을 애도한 노래에서 나왔다는 설,

④ 알영설(閼英說): 신라의 박혁거세의 아내 알영부인을 찬미한 말에서 변했다는 설 등이 있다.

이 밖에도 여러 발생설이 있으나 어느 것도 확실한 근거가 없으니 그저 구음(口音)에서 자연적으로 생겨나 유래했다고 봄이 바람직하다.

'아리랑'에는 지방에 따라 '밀양아리랑', '정선아리랑', '진도아리랑', '경기아리랑', '연변아리랑', '카자흐스탄 아리랑' 같이 스물다섯 아리랑이 있고 또 시대에 따라 달라진 '신민요 아리랑', '독립군 아리랑'같이 수백 아리랑이 있다.

'아리랑'에는 여러 가지 후렴이 있는데 그 여음의 대표적인 어휘인 '아리랑'의 어원에 대해서는 '아리랑'(我離郎)을 비롯해서 신라의 '알영비(閼英妃)', 밀양의 전설의 인물인 '아랑'(阿娘) 등에서 유래되었다는 설이 있다. 그러나 실제상에는 주로 의미 없는 사설로 흥을 돕고 음조를 메워나가는 구실을 할 뿐이다.

아리랑 아리랑 아라리요
아리랑 고개로 넘어간다.
나를 버리고 가시는 임은
십 리도 못 가서 발병이 난다.

아리랑은 이 같은 가사로 유명하지만 그 음악적 언어의
원류는 대체로 '정선아리랑'에서 찾을 수 있다.

1930년대 이후 숱한 신민요 아리랑이 잇따라 창작되었을
때 '경기아리랑'은 달리 '본조 아리랑'으로도 호칭되었거니
와 그것은 '경기아리랑'이 신민요 아리랑의 본조 곧 본류라
는 뜻이다. 그렇다면 '경기아리랑' 이외의 나머지 신민요
아리랑들은 '별조아리랑'으로 부를 수 있게 될 것이다.

아리랑은 다른 민요와 마찬가지로 본래 노동요의 성격을
갖고 있었다. 이때의 주로 두레노래로 불렸으며 따라서 구
술과 암기에 의한 전승 또는 자연적 습득이라는 민속성 이
외에 지역공동체 집단의 소산이라는 민속성을 가지게 되었
다. 그 집단성은 시대성과 사회성을 내포하게 되었다. 비록
그 노랫말이 개인적인 넋두리의 비중이 컸다 할지라도 거
기에는 근세의 민족사가 반영되었음을 부인할 수 없다. 농
부든 어부든 광부든 각기 그들 생활 속의 애환을 아리랑에
담았다는 점에서 직업공동체, 사회공동체의 이른바 문화적
독자성이 강한 노래가 되었다. 민족이 위기에 처했을 때는
민족적 동질성을 지탱하는 가락이기도 했다. 예를 들어 대

원군에 의한 경복궁 중건 때의 민중의 고통이나 관리의 가렴주구가 아리랑에 얽혀 전해지는가 하면 일제 강점기하의 민족적 수난에 대한 저항의식이 나운규 제작의 영화 '아리랑'을 탄생케 했음이 이를 입증한다. 특히 영화 '아리랑'의 등장은 아리랑이 지니는 역사적 상징이 민간전승으로부터 다른 차원의 문화영역으로 옮겨갔음을 보여주는 획기적인 실례이다. 그런 의미에서 아리랑은 단순히 단일한 장르의 민요로 파악할 수 없는 다양성과 초역사성을 지닌 음악사, 문학사, 예술사의 거봉으로서 우리 민족의 원초적 정서와 맥을 같이해 왔다고 할 수 있다.

우리민족의 3대 전통민요 아리랑은 '정선아리랑', '진도아리랑', '밀양아리랑'을 말한다. '정선아리랑'은 태백산맥 동서를 따라 설정된 메나리토리권의 민요로 민요적 전통성과 지역성이 강하다. '진도아리랑'은 호남지역의 육자배기토리권에 속하지만 다른 육자배기토리 민요와 약간 차이가 있다. 전라남도 진도와 호남지역, 충청남도 일대 경상남도 서부지역, 제주도 등에 분포되었다. '밀양아리랑'은 영남지역에서 전하지만 영남지역의 정자토리 민요와는 약간의 차이가 있다. 한편 1926년 나운규의 영화 '아리랑'의 주제가 '신아리랑'을 계기로 대중들에게 널리 알려졌고 통속민요로 자리 잡기 시작했다. 이후 '아리랑'은 대중가요, 영화, 무용, 문학 등의 예술분야에 파급되는 현상을 가져왔다. 대중가요로는 1931년 ‘낙랑아리랑’을 비롯하여 많은 곡이 만들어졌고 신민요에는 ‘경기아리랑’이 효시가 되어 많은 곡들이 불렸다. 3대 전통 아리랑을 제외한 여러 아리랑을 살펴보면 다음과 같다. ‘춘천아리랑’(한말에 춘천에서 의병투쟁을 벌일 때 부른 노래), ‘본조아리랑’(대원군과 민비의 권력 싸움을 민중들이 성토한 노래), ‘광복군아리랑’(만주 광복군의 독립의지를 담고 있는 노래), ‘치르치크 아리랑’(조국을 빼앗기고 러시아로 떠난 알타아타시의 한국인들이 부른 노래) 등이 있다. 대중가요 아리랑으로 ‘아리랑 삼천리’, ‘영암아리랑’ 등이 있다.

아리랑은 그야말로 조선민족의 통시대적인 아리랑이요, 조선민족의 통공간적인 아리랑이다. 그래서 아리랑은 조선민족의 정서의 원형이요 공통분모이다. 각기 다른 많은 아리랑은 선율과 가사가 조금씩 다르기는 하지만 실은 두 개의 기본정서가 구조적으로 배합돼 있는 것이 바로 공통점이렷다.

그 하나가 떠나가거나 떠나보내고 싶지 않지만 떠나보내야 하고 떠나지 않을 수밖에 없는 데서 빚어지는 이탈애수(離脫哀愁)이다.

수천 년 동안 조상 대대로 그 마을에서 태어나 동 시간에 헤어짐이 없이 살다가 그 마을에서 죽어 갔던 강한 정착생활에 있어서 떠나가고 떠나서 산다는 것은 인륜비사였다. '아리랑'에서 넘어간다는 '고개'는 떠나는 자와 떠나보내고 싶지 않은 자가 단절되는 한계이다.

내 딸, 내 누이가 가마 타고 고개 넘어가더니 돌아오지 않고 내 남편이나 내 자식이 전장에 끌려갈 때 고개 넘어가더니 돌아오지 않고 한동네 순이가 청루에 팔려 고개 넘어가더니 돌아오지 않으며 내 부모 죽어 상여 타고 고개 넘어가더니 돌아오지 않는 고개는 조선민족의 정서에 있어서 가장 큰 단절이다. 불교의 용어를 빌린다면 인간 팔고(八苦) 중의 애별이고(愛別離苦)를 읊조린 것이다. 즉 사랑하는 사람이나 대상과의 이별의 고통을 노래한 것이다. 팔고(八苦)란 불교에서 사람이 세상에서 면하기 어렵다고 하는 여덟 가지 괴로움을 이른다. 곧 생고, 로고, 병고, 사고, 애별리고, 원증회고, 구부득고, 오음성고를 말한다. 그 이탈애수가 아리랑 속에 농축되어 있는 것이다. 이탈애수와 쌍벽을 이루는 아리랑의 다른 정서구조는 저항애수이다.

날 버리고 떠나가는 임이 있거든 떠나지 못하게끔 기둥에 꽁꽁 묶어두든지, 굳이 떠나가겠다면 미련 없이 발길로 차버리든지 했어야 했다. 그러나 조선 민족은 너무나 오랜 세월을 권력, 금력, 관력에 억눌리고 외침에 짓밟히고 양반의 횡포에 억눌리고 삼강오륜이나 남존여비에 억눌려만 살아왔기에 정면 저항은 하지 못하고 그 저항을 굴절시켜 고작 자학(自虐)적인 발악을 해야만 했다.

그래서 가시는 임 붙들어 놓지 못하고 십 리도 못 가서 발병이 나라고 저주하고 넋두리를 퍼붓는다. 나 보기가 역겨워 가시는 임 앞에 진달래꽃 따다가 뿌려서 보내놓고는 돌아서서 눈물 아니 흘리겠다고 아닌 보살을 하는 조선 사람들은 이러한 자학적인 저항애수의 도사들인 것이다. 그 한 많은 억눌림 속에서 조선민족은 저항애수의 표출이 없이는 사랑할 수 없었으며 그 표출수단이 바로 아리랑인 것이다.

한 민족문화의 뿌리는 이처럼 끈질긴 것임을 보여주는 대표적인 사례이다.

1. 정선아리랑

정선아리랑의 발상지는 강원도 정선군 북면 여량리이다. 강원도 무형문화재 제1호인 정선아리랑의 대표적인 발상지 중의 한 곳으로서 예로부터 강과 산이 수려하고 평창군 도암면에서 발원되어 흐르고 있는 구절 쪽의 송천과 삼척군 하장면에서 발원하여 흐르고 있다. 임계 쪽의 골지천이 합류되어 '어우러진다' 하여 아우라지라 불리고 있다. 이러한 자연적인 배경에서 송천을 양수, 골지천을 음수라 칭하여 여름 장마 때 양수가 많으면 대홍수가 예상되고 음수가 많으면 장마가 끊긴다는 옛말이 전해오고 있다.

또한 이곳은 남한간 1천리 길 물길 따라 목재를 운반하던 유명한 뗏목 시작지점으로 각지에서 모여든 떼꾼들의 아라리 소리가 끊이지 않던 곳이다. 특히 뗏목과 행상을 위하여 객지로 떠난 임을 애달프게 기다리는 마음과 장마로 인하여 강물을 사이에 두고 사랑을 이루지 못하는 애절한 남녀의 한스러운 마음을 적어 읊은 것이 지금의 정선아리랑 가사로 널리 불리고 있으며 이러한 지명을 후세에 전하기 위하여 강 건너에 아우라지비와 처녀상과 정자(여송정)를 건립해 정선아리랑의 발상지임을 전하고 있다.

아우라지강을 사이에 두고 여량리에 사는 처녀와 유천리 총각이 사랑을 했다. 그들은 남몰래 만나 싸리골에서 사랑을 나누었다. 이런 사실을 아는 이는 뱃사공 지 서방뿐이었다. 그러던 어느 날 하필이면 그들이 싸리골에서 만나기로 약조한 날 밤 배도 뜰 수 없을 만큼 역수장마가 들었다. 두 처녀 총각은 강을 사이에 두고 애만 태울 수밖에 없었다. 이 사정을 아는 지 서방도 그저 안타까울 수밖에 없었다.

장마가 그렇게도 오래갔든지, 아니면 다른 사연이 있었든지, 끝내 둘은 맺어지지 못했다고 한다. 그 후 초성 좋은 지 서방은 뱃일을 하면서 그들의 사연을 노래했던 것이다.

지금도 정선에는 20여 리 떨어진 여량리의 아우라지강에 가면 비록 삿대 없는 배이지만 쇠줄을 당겨 건너는 배가 있다. 또한 정선아리랑비문이 있는 강기슭에는 바람에 날리는 치맛자락을 여미고 강물을 물끄러미 바라보는 '아우라지 처녀'의 동상이 서 있기도 하다. 아우라지에 얽힌 아리랑의 대표적인 가사가 다음과 같다.

아우라지 뱃사공아 배 좀 건네주게 싸리골 올동박이 다 떨어진다
떨어진 동박은 낙엽에나 쌓이지. 사시장철 임 그리워서 나는 못 살겠네 −
(후렴) 아리 − −랑 아 − −리랑 아라 − −리 − −요 − − − − −
아리 − −랑 고개고개 − −로 − − −나를 넘겨 − − −주 − −게.

2. 밀양아리랑

조선조 명종 때 밀양에 사는 부사에게 '아랑'이라는 예쁜 딸이 있었다고 한다. '아랑'은 얼굴만큼 마음씨도 고울 뿐 아니라 글과 바느질 솜씨가 훌륭해서 많은 사람들에게 흠모를 받았다.

그런데 어느 날 관아에서 심부름을 하는 통인이 아랑의 고운 모습을 본 후 그만 그녀를 사모하게 되었다. 그래서 그는 아랑의 유모에게 뇌물을 주고 아랑을 꾀어내게 되었다.

보름달이 뜬 어느 날 밤, 통인은 영남루에서 달구경을 하던 아랑에게 나타나 그동안 혼자 연모해온 것을 아랑에게 고백하고 자신의 사랑을 받아달라고 하였는데 그 말을 들은 아랑은 냉정하게 통인의 무례함을 꾸짖었다.

이렇게 해서 자기의 뜻을 이루지 못한 통인은 사모하던 마음이 그만 증오로 변하여 갖고 있던 비수로 아랑을 찔러 죽이고 말았다.

이렇게 억울한 죽음을 당한 후 밀양에는 부임하는 신임부사들마다 죽음을 당하는 기이한 일이 일어났다. 이러한 이유로 해서 많은 사람들이 밀양 부사로 오는 것을 꺼려했다.

이때 서울 남산골에 사는 한 대담한 선비가 자원하여 밀양 부사로 부임했다. 정말 소문대로 부임한 첫날밤에 여자의 혼령이 나타났다. 그는 "도대체 무슨 곡절이 있기에 이렇게 부사가 오기만 하면 나타나느냐?" 하고 물었다. 그러자 아랑은 통인에게 억울한 죽음을 당한 자신의 원한을 풀어달라고 이 선비에게 호소했다.

부사는 처녀 귀신과 약속한 대로 통인을 잡아 처단하고 처녀의 묘까지 만들어주었다.

이 일이 있은 후 밀양 주민들은 아랑각을 지어 그 처녀의 정절을 기리고 소원을 기원하면서 노래를 불렀다. 그 노래가 '밀양아리랑'이 되었다는 것이다.

3. 진도아리랑

진도의 한 당골에 세습 박수가 되는 것을 비관한 총각이 있었다. 총각은 사랑하는 처녀와 혼약을 남긴 채 진도에서

도망쳐버린다.

진도를 도망친 총각은 상민이었지만 덩치 좋고 훤칠하게 생긴 탓에 양반집에서 머슴을 살게 되었다.

그런데 그 주인집에는 예쁜 처녀가 있었다. 이 처녀는 집 안에서 남정네를 못 보다 머슴의 사내다움을 보고 그만 반하게 되었다. 그들은 서로 사랑을 나누었고 그런 사랑 놀음은 이내 부모들에게 들통이 나서 야단이 날 수밖에 없었다.

하는 수 없이 총각은 다시 쫓겨나게 되었고 여기에 처녀도 보따리를 쌌다. 둘은 문경고개를 넘어 다시 진도로 들어오게 되었다.

와보니 옛날의 처녀는 턱을 고이고 기다리고 있었다. 부모들은 양가집 며느리를 맞게 되었다고 야단이었다. 이 통에 기다렸던 처녀는 눈물의 노래를 부르지 않을 수 없었다. 그 노래가 '진도아리랑'이라고 했다.

구전되어 오던 진도아리랑을 체계적으로 정립한 사람은 한국 대금의 명수인 진도군 임회면 삼막리 출신 박종기(1879~1953) 선생으로 전해지고 있다. 당시 신청에서 박종기 선생을 비롯하여 박진권, 박동준, 채중인, 양홍도 등이 함께 모여 아리랑을 작사, 작곡하였고 박종기 선생이 진도아리랑을 만들었다는 사실은 문화재 수석전문위원을 지낸 본군 출신 남계 박진주, 인간문화재 박병천, 민속에 조예가 있는 구춘홍의 말이다. 이와 같은 진도아리랑은 밀양아리랑이나 정선아리랑 보다 독특한 가락이 있고 가사내용이 임에 대한 내용이며 묘한 흥취가 있어서 다른 아리랑보다 우월하게 평가된다. 진도아리랑의 장단은 세마치장단이며 선율은 시나위의 형식으로 중머리 장단에 불린다. 특히 진도아리랑은 가사보다는 그 여음의 묘미가 특색이 있다.

우리 선인들의 얼이 깊이 깃들어 있는 진도아리랑 타령은 그 가락과 멋과 묘한 흥취가 타 아리랑에서는 볼 수 없는 독특한 점이 있다.

남도 소리가 대부분 그렇듯이 진도아리랑은 가락이 구성지고 장엄해서 소리하는 데 힘이 든다. 태양이 서산에 지는 것이나 '님'이 이별을 하고 떠나는 것은 스스로 택한 것이 아니라 불가부득 사정이 있어서 그러는 것이니 세상일이란 뜻대로 이루어지는 것이 아니라 하겠다.

4. 원산아리랑

보통은 '어랑 타령'이라고도 하는 이 '원산아리랑'엔 그리 깊은 사연은 없다.

1905년, 함경도 안변 어촌에 어랑이란 처녀가 있었다. 이 처녀는 근동에서 예쁘고 똑똑하기로 이름이 나 있었다. 그런데 어랑은 몇 년 전에 뱃일하다 죽은 아버지가 남긴 빚이 많아 늘 어머니와 함께 빚에 시달리고 있었다.

그러던 어느 날, 돈을 받아내기가 힘들겠다고 생각한 강 선주(고리대금업자)는 아무아무 날까지 빚을 못 갚으면 어 랑이를 첩으로 삼겠다는 마지막 통고를 해온다. 이 소식에 두 모녀는 한숨만 쉬고 있었다. 갚을 돈이 없었다. 그렇다 고 또 악명 높은 강 선주의 품으로 갈 수도 없었다. 진퇴 양난이 아닐 수 없었다.

날은 점점 다가왔다. 강선주가 통고한 날을 이틀 앞둔 어느 날 고산을 헐고 생긴 신고산역이 개통되면서 서울의 고무공장에서 여직공을 모집한다는 소문이 나돌았다. 이에 어랑은 작은 돈이라도 마련해서 보내겠다고 어머니와 약속 하고 서울로 가기로 한다.

신고산 역에서 어머니는 눈물로 어랑을 떠나보냈던 것이 다. 가진 것이 없어 가르치지도 못해 결국 공장에 딸을 팔 아야 하는 신세를 한탄하면서 말이다.

서산대사와 사명당의 도술시합

서산대사(西山大師)를 일명 휴정(休靜)이라고도 하는데 자는 현응(玄應)이요, 호는 청허자(晴虛子)로 속세에서의 성은 최씨였다. 그의 제자인 사명대사(四溟大師) 사명당(四溟堂)은 일명 송운유정(松雲惟政)이며 자는 리환(離幻)이요, 속세의 성은 임(任)씨로 시호는 자통홍제존자(慈通弘濟尊子)였다. 두 사람은 고승으로 유명하지만 사제지간으로도 더욱 유명하여 많은 일화가 남아 있다.

어느 날, 사명당이 스승인 서산대사와 도술을 시험해보기 위해서 남루한 옷차림으로 묘향산을 내려오는데 동에 번쩍 서에 번쩍 신출귀몰한 축지법(縮地法)을 써서 평안도를 거쳐 황해도, 경기도를 지나 눈 깜짝할 사이에 강원도에 이르렀다.

전번에는 자신의 수도장인 묘향산에 서산대사가 왔을 때 선녀들이 날라다 준 밥을 먹는다고 자랑하며 자신의 도술을 은근히 발휘해보려고 했다. 그런데 그날따라 선녀가 밥을 가져오지 않아서 하루 종일 기다리다가 망신만 샀다. 서산대사가 떠나면서 "내가 가고 얼마 지나지 않으면 밥을 먹게 될 것이다." 하고 해서 헛일 삼아 기다렸더니 아닌 게 아니라 선녀들이 밥을 가지고 왔다.

그리고서 사명당에게 이르기를 "제시간에 가져오려고 했지만 천상식관(天上食管)에게 늦어도 괜찮다는 서산대사의 말씀에 따라 이제 왔소이다."고 하는 것이었다.

사명당은 그 일이 있고 나서 자신의 도술이 서산대사에 못 미친다는 것을 알고 그 후부터 더욱 분발하여 도술을 연마해 이제는 서산대사와 견주어볼 수 있다는 자신만만한 생각에 잠겨 있었다.

사명당은 서산대사보다 스물셋이나 아래였으므로 그 기백이나 패기는 서산대사보다 앞섰지만 그래도 스승만 한 제자가 없다는 말처럼 도술에 있어서는 어딘지 모르게 뒤졌다.

한편, 사명당이 도술을 할 줄 모르는 것은 아니었지만 스승인 서산대사보다는 못했다. 사명당이 한참 도술을 걸어 동서남북을 종횡무진하고 다닐 무렵 세상에는 심심치 않는 소문이 구구했다.

그중에서도 서산대사와 사명당의 기상천외한 도술에 있어서 서산대사가 낫다느니 사명당이 낫다느니 하고 엇갈린 풍편이 나돌았다. 소문마저 우열을 가리지 못할 지경으로 두 사람의 도술이 막상막하임을 실감케 할 줄이야…… 시간이 흐를수록 서산대사가 사명당보다 한 수 위라는 세론이 지배적이었다.

사명당은 자신이 서산대사만 못하다는 세상 사람들의 편파성을 들을 때마다 더 좀 잘 해야겠다는 굳은 결심을 다졌다. 그러면서도 뭔가 석연치 않았지만 측근에 있는 여러 스님들로부터 서산대사보다는 오히려 사명당이 훨씬 나을 것이란 말이 들려오기도 해 사명당은 마음속으로 '길고 짧은 것은 대 봐야지.' 하고 생각을 고쳐먹었다. 그러면서도 서산대사의 그 신출귀몰하고 신비 속에 싸인 비법을 인정할 터라 다소 위축감도 없지 않았다.

'나에게도 승산은 얼마든지 있다.'고 생각한 사명당은 '이번 기회야말로 서산대사와 선의의 경쟁을 하여 천지조화를 부리는 서산대사를 천길만길이나 되는 궁지에 빠지게 하여 온 세상 사람들을 깜짝 놀라게 해 줘야지.' 하는 결심을 다잡기도 했다. 설레는 가슴에 비록 축지법을 쓰기는 해도 비호처럼 질주하는 것마저도 스승인 서산대사보다 더디다는 생각을 갖기도 했다.

그러나 어느덧 서산대사가 수도하고 있는 금강산의 깊은 골짜기에 위치한 장안사(長安寺)에 도착했다. 우거진 숲 속에서 지저귀는 새소리며 돌 사이로 흐르는 맑은 물은 태고의 신비를 한결 돋올하게 나타냈다. 사명당이 험준한 계곡을 축지법이 아닌 발걸음으로 오르고 있을 때 서산대사는 눈을 지그시 감고 염주를 오른손 엄지손가락으로 돌리며 상좌승을 조용히 불렀다.

그리고 "지금 저 아래 계곡에는 묘향산에서 여기까지 찾아온 사명당이란 스님이 오고 있으니 어서 가서 모셔 오라."고 했다. 아무 영문을 모르는 상좌승은 깜짝 놀라며 "사명대사께서 수도하시는 묘향산과 여기 장안사는 아주 먼 거리인데 아무 전갈도 없이 올 까닭이 있겠습니까?"

상좌승의 이 같은 부정적인 태도에 서산대사는 "앗" 하는 소리와 함께 손바닥을 펴 보이며 "봐라 저기 오고 있지 않느냐!" 하고 말했다. 상좌승은 서산대사의 손바닥을 쳐다보는 순간 또 한 번 깜짝 놀라지 않을 수 없었다.

그 손바닥 안에는 사명당이 오고 있는 모습이 거울처럼 선명하게 나타나 있었기 때문이다. 그제야 상좌승은 몸 둘 바를 모르고 곧장 사명당을 마중하려고 몇 발자국을 뗄 무렵 서산대사는 다시 상좌승을 부르며 이렇게 말했다.

"이 계곡을 쭉 내려가다 보면 사명당이 물을 거꾸로 몰고 올 테니 시냇물은 반드시 역류할 것이고 바로 근처에 사명당이 올 거야!”

　상좌승은 서산대사의 예지 능력에 감탄하면서도 너무나 자신에 찬 소리여서 고개를 갸우뚱거리며 발걸음을 재촉했다. 상좌승이 정신없이 가고 있을 때 공교롭게도 계곡의 맑은 물이 역류하는 바람에 물방울이 튀기어 시원함을 느낄 수가 있었다. 마침내 산모퉁이를 돌아갈 무렵 사명당이 오고 있음이 눈에 띄었다.

　상좌승은 사명당 앞으로 다가가 “스님, 스님께서는 정녕 사명대사이시지요?” 하고 바로 물었다. 사명당은 아차 하는 생각이 들었다. 왜냐하면 서산대사가 마중을 보낸 상좌승임을 알아볼 수 있었기 때문이었다.

　벌써 서산대사보다 한 수 뒤지고 있다는 생각에 기분이 썩 좋지는 않았지만 마중을 나온 상좌승에게 고맙다는 말을 하고는 그동안 서산대사의 도술을 하는 모습을 잘 봤느냐며 근황을 알아보았다.

　그러나 상좌승은 자신으로서는 알아볼 수도 없을 만큼 신출귀몰하기 때문에 잘 모르겠다는 대답이었다.

　어느덧 장안사에 당도하여 법당을 향하여 걷고 있을 때 서산대사께서는 법당의 돌계단을 막 내려오려던 참이었다.

　사명당은 인사에 앞서 공중에 날아가는 새 한 마리를 휙 하는 소리와 함께 생포하여 주먹 안에 넣고서 서산대사에게 “대사님, 소승이 쥐고 있는 이 참새가 죽었을까요, 아니면 살아 있을까요?" 하고 첫 질문을 가볍게 던지었다. 서산대사는 껄껄 웃으면서 "손 안에 쥐고 있는 새이므로 그 새의 생사는 오직 사명당에게 달려 있을 뿐이오. 왜냐하면 내가 죽었다고 할 경우에는 그 새를 그대로 날려 보낼 것이고 살았다고 하면 손을 꼭 쥐어 살생도 불사할 테니 말이오!"

서산대사의 이와 같은 말에 사명당은 주먹 안에 있던 새를 휙 하고 허공에 날려버렸다.

그런데 이젠 서산대사가 내려오던 돌계단을 다시 올라 법당에서 향을 피워놓고 문턱을 넘어서면서 사명당에게 "여보시오 대사, 내가 지금 한 발을 법당 안에 또 한 발은 법당 밖에 있는데 과연 어떡하겠소?! 내가 밖으로 나갈 상이요, 아니면 법당 안으로 들어갈 상이요?!" 하고 애매하고도 모호한 질문을 던졌다. 이를테면 방금 사명당의 새에 관한 질문과 같은 것이었다.

사명대사가 '틀림없이 내가 밖으로 나올 거라고 이야기하면 안으로 들어갈 것이고 들어갈 것이라고 하면 밖으로 나올 거라.'고 생각했다.

한참을 생각에만 잠겨 있자 서산대사가 사명당에게 "대사 무엇 하시오? 답을 내려야 할 게 아니요?" 하고 독촉을 하자 사명당은 내가 멀리서 왔으니 법당으로 들어가 염불을 하는 것보다는 나와서 손님대접을 할 거란 생각에 "예, 대사님. 지금 법당 밖으로 나오시려고 하지 않습니까?!" 하고 답을 던졌다. 그 말을 해놓고도 서산대사가 "아니요, 나는 법당에 볼일이 있어 다시 들어갈 겁니다!"라고 한다면 큰 낭패라고 생각했다.

그러나 서산대사는 역시 스승답게 "그렇소. 대사가 묘향산에서 예까지 오셨는데 당연히 손님대접을 하기 위해서 나가야지요!" 하고는 돌계단을 내려왔다.

사명당은 서산대사의 그 같은 너그러운 마음에 고마운 생각을 가지면서 서산대사와 정중한 예의를 나눈 뒤 자신이 묘향산에서 이곳까지 오게 된 연유를 설명하고 정식으로 도술을 겨루어볼 것을 제의했다.

서산대사 역시 풍문에 사명당의 도술이 비범하다는 것을 아는 터라 쾌히 승낙을 했다. 그리고 먼저 사명당의 도술을 발휘해보라고 하자 사명당은 일기당천(一騎當千)한 모습으로 지고 온 바랑에서 바늘이 가득 담겨 있는 그릇 하나를 꺼내 방바닥에 놓고는 한참 동안 무언응시(無言鷹視)하였다.

그런데 그릇에 담겨 있던 바늘이 보기도 좋은 흰 국수로 변하는 것이었다.

사명당은 보란 듯 국수를 먹으며 서산대사에게 "사부님 시장하실 텐데 좀 들어보시지요……." 하고 권했다. 사명당의 언행은 좀 경솔한 데가 있었으나 서산대사는 아무 말을 하지 않고 있다가 사명당이 남겨 놓은 국수를 맛있게 먹어치웠다. 그리고는 "아아, 맛있게 잘 먹었습니다. 묘향산에서 이곳까지 국수를 가지고 오시다니 참으로 잘 먹었습니다. 모두가 사명대사의 덕이지요.” 하고 연신 치하했다.

이 말을 들은 사명당은 자신의 도술이 일단 성공적이라 생각하고는 서산대사에게 “대사님, 바늘이 국수가 되었으니 속이 거북하지는 않으신지요?” 하고 말했다. 듣고만 있던 서산대사는 “글쎄요, 그러면 사명대사께서 이미 배 속에 들어 있는 국수를 다시 바늘로 변화시킬 수는 없는지요?”

그러자 사명당은 “이미 봄이 지나 가을이 된 것과 같은 이치가 아니겠습니까! 그러니 국수가 바늘로 될 리가 있겠습니까?” 하고 대꾸했다.

결국 사명당의 이 같은 말은 바늘이 국수는 될 수 있어도 국수가 바늘로 될 수는 없다는 의미였다.

그러나 서산대사의 입에서는 아까 먹었던 국수가 반짝거리는 바늘로 변하여 그릇에 하나하나 차오르고 있었다. 당황한 사명당은 “이 시합에서는 소승이 졌습니다!”라고 항복했다.

그리고는 이번이야말로 견주어볼 만하다며 바랑에서 계란 백여 개를 꺼내더니 보통 사람은 하나도 세우지 못하는데 백여 개를 일직선으로 쌓아 올렸다. 그러다 보니 쌓아 올린 계란높이는 얼마나 높은지 수척(數尺)에 다다라 바람만 조금 불어도 허물어져 금방이라도 박살이 날 것 같았다.

사명당은 자신만만한 태도로 서산대사에게 “자아, 이젠

대사님 차례입니다!"라고 은근히 독촉을 했다. 보고만 있던 서산대사는 사명당과는 정반대로 허공에서부터 거꾸로 계란을 쌓았다. 계란을 올리기도 힘든데 허공에 그것도 거꾸로 쌓아 내려오다니 실로 묘술이 아닐 수 없다. 계란을 다 쌓아 내려온 서산대사는 일직선으로 된 계란을 공중에 매달린 상태에서 몇 차례 회전을 시킨 다음 큰 지팡이로 만들어 사명당에게 "대사, 여기 있습니다. 지팡이가 낡은 것 같으니 이것을 짚고 다니시지요." 하고 사명당 무릎 앞에 정중히 놓았다.

초조해진 사명당은 '이번에야말로 최후의 비장술(秘藏術)로 서산대사를 깜짝 놀라게 해야지!' 하며 마음을 굳게 다졌다. 사명당은 초조하고 당황한 마음에서 합장을 하여 다시 회생시키었다. 하늘을 바라보며 입을 달싹거리면서 주문을 외우기 시작했다.

그러자 시커먼 먹구름이 금방 장안사의 창공을 덮어씌우며 어두워졌다. 그런가 하면 "으앗" 하는 소리와 함께 바른손을 허공에 거꾸로 짚은 채로 둥둥 떠 있었다. 그리고는 미친 듯이 고함을 치며 주문을 외우자 천둥이 치기 시작하고 장대 같은 폭우가 쏟아져 금방이라도 온 세상이 물바다가 될 듯한 기세였다. 사명당의 위세는 당당하다 못해 광기(狂氣)마저 서린 듯한 느낌을 주었다. 온 세상을 꿀컥 삼켜버릴 듯한 사명당의 도술은 서산대사까지도 깜짝 놀라게 했다.

사명당이 도술을 풀고 원점으로 돌아오자 모든 것은 평온해졌다.

이마에 땀이 송골송골 맺혀 있는 사명당에게 서산대사는 "참으로 대사는 말 듣던 대로 도술이 대단합니다!"라고 칭찬을 해주었다.

그러자 사명당은 '이만하면 감히 누가 내 도술을 따라올 수 있으랴.'는 생각에 헛기침을 하며 별것도 아닌 것처럼 "원, 대사님도 겨우 이걸 가지고 뭘 칭찬까지……." 하고는 태연한 척했다.

이때 서산대사는 자신의 차례임을 알아 아까 사명당이 합장한 모습 그대로 하늘을 우러러보며 주문을 외우기 시작했다. 참으로 긴장되는 순간이었다. 그중에도 사명당은 자신의 능력을 유감없이 발휘했지만 서산대사의 합장 모습엔 뭔가 불안한 점이 엿보였다.

서산대사가 한참 동안 합장을 하고는 곁에 있던 지팡이를 허공으로 휙-집어던지자 사명당이 도술을 걸 때와 같이 이내 먹구름이 하늘을 뒤덮고 천둥 번개가 일기 시작하더니 폭우가 쏟아져 사방이 물바다가 될 듯한 기세였다. 그런가 하면 서산대사는 허공에 선 채로 내리던 폭우를 다시 하늘로 올라가게끔 조화를 부렸다. 뿐만 아니라 계절을 자유자재로 조화시켜 한동안 꾀꼬리가 우는 푸른 봄을 만들기도 하고 얼마 있다가는 함박눈으로 온 산천을 흰옷처럼 갈아입히고 그 가운데서도 먹음직스런 감이 주렁주렁 열리게 하는 도술 등은 사명당으로서도 도저히 상상할 수 없는 불가사의한 도술이었다.

그리고 모든 것을 원상태로 되돌려놓자 사명당은 서산대사에게 무릎을 꿇고 앉아 "대사님, 진작 알아뵙지 못해 죄송합니다. 이제부터는 어떤 일이 있어도 대사님을 진정한 스승으로 모시겠습니다. 우매한 소승을 용서하십시오!"라고 간청을 늘어놓았다.

서산대사는 꿇어앉아 있는 사명당의 손을 잡고 "대사, 일어나시지요!" 하면서 사제지간의 정을 더욱 돈독하게 하였다.

그 후 사명당은 어떤 경우에도 자신의 도술을 스승인 서산대사와는 천양지차(天壤之差)임을 깨달아 감히 겨루어볼 생각을 하지 않았다고 한다.

조 부자 이야기

때는 조선시대 경상남도 거제에 조 부자라는 사람이 있었다. 그는 슬하에 자식이 없어 고민하다 옥녀봉에서 천일 기도를 드린 다음에 딸을 하나 가지게 되었다.

그런 딸이 어느 덧 시집갈 나이가 되자 조 부자는 사윗감을 물색하기 시작하였는데 혈육으로서는 단 하나의 딸이며 거기다 명석하고 예쁜 용모라 사윗감을 고르는 데 무척 신중을 기하였다.

그러던 중 청포동자라 하며 사위로 받아달라는 총각이 나타났다. 조 부자의 눈에 비친 그의 모습은 꽤 근사했다. 준수한 외모에 예를 갖춘 자태로 마음에 쏙 들어 사위로 맞아들일 만하였다. 그런데 사위가 되려면 시험을 거쳐야 했는데 문장력과 무예의 정도를 알아보는 것이었다.

조 부자는 먼저 문장력을 알아보려고 딸과 시로써 겨루게 하였다. 그러나 막상 시험이 시작됐는데 시험이라는 긴장감은 전혀 찾아볼 수 없을뿐더러 딸과 호흡이 잘 맞아 서로 주거니 받거니 하는 모습을 보게 될 줄이야…… 조 부자는 그가 점점 마음에 들었으며 또한 무예시험에서도 활로 새를 정확히 맞혀 무난히 통과하였다. 그러자 조 부자는 혼례날을 잡기로 하고 청포동자에게 사위가 되어 달라고 하였던 것이다.

그랬는데 그다음 날이었다. 이번엔 황포동자라 하며 사위가 되길 원하는 구혼자가 나타난 것이다. 그는 청포동자보다 더 뛰어난 외모이고 보니 조 부자는 은근히 황포동자가 청포동자보다 더 마음에 드는 것이었다. 황포동자 역시 문장력과 무예 솜씨가 아주 뛰어나 조 부자는 청포동자와 이미 약속을 해버린 터라 그 약속을 무마시킬 궁리를 하게 되었다.

그러던 어느 날 밤, 그의 꿈에 옥녀봉의 여신이 나타나 "그 두 동자는 사람이 아니오. 그러니 초아흐레 날 청포동자가 오거든 이 붉은 종이를 내보이고 황포동자가 오거든 큰 개를 풀어놓으시오. 그리고 이달 보름에 한 걸인이 찾아올 것인데 그를 사위로 맞아드리기 바라오!" 하는 것이었다. 그가 깜짝 놀라 꿈에서 깨어났을 때 신기하게도 그의 손에 붉은 종이가 쥐어져 있었다.

이윽고 초아흐레 날, 청포동자가 찾아들었다. "이놈 어딜 들어오느냐!" 하며 조 부자는 붉은 종이를 꺼내들고 청포 동자에게 다가서자 청포동자는 고통스런 신음소리를 내며 큰 지네로 변하여 죽어버렸다.

그리고 난 뒤 잠시 후였다. 이번에는 황포동자가 들어왔 다. 그러자 조 부자는 "썩 물러가라!" 하고 큰 소리로 외치 며 개를 풀어놓았다. 개는 와락 달려들어 황포동자를 물어 뜯는 것이었다. 그러자 황포동자는 한 마리의 늙은 노루로 변하며 죽어갔다.

그런 일이 지나고 보름이 되던 날이었다. 정말 한 걸인 이 찾아드니 조 부자는 후한 대접을 한 후 어리둥절해하는 그를 사위로 맞아들였다. 그랬더니 그날 밤 꿈에 또 옥녀봉 여신이 나타났다. 그 걸인에 대한 이야기를 하였다. 알고 보니 그는 용궁의 거북장군이었는데 그만 실수를 저질러 옥녀봉 둘레에 거북산이 되고 영혼은 옥고를 치르다가 거 지로 태어나게 되었다는 것이다.

그런 일이 있은 이후 조 부자는 자손대대로 부귀영화를 누렸다 한다.

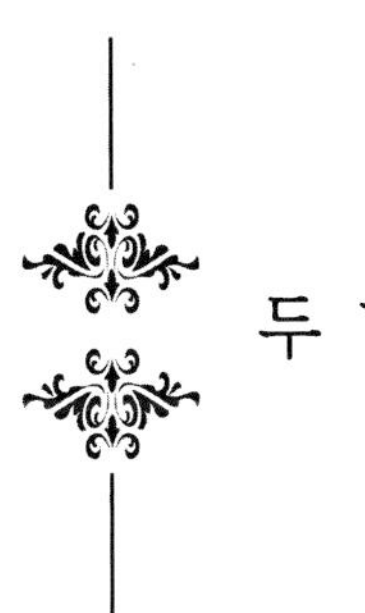

두 형제와 황금

옛날 예루살렘 근처에 두 형제가 살고 있었다. 형은 아파나시이고 동생은 이오안이었다. 그들은 도시에서 그리 멀리 떨어져 있지 않은 산속에서 살며 사람들이 주는 것으로 살아가고 있었다. 형제는 날마다 일을 하였다. 그들은 자기네의 일이 아니라 가난한 사람들의 일을 하고 있었다. 일에 지친 사람들, 병자들, 고아와 과부들이 있는 데는 어디에나 가서 일을 하고 보수를 받지 않은 채 떠났다. 형제는 이처럼 따로따로 일주일 동안을 지내고 토요일 저녁에야 비로소 자기네 처소로 돌아왔다.

그들은 일요일만은 집에 남아 기도를 하며 이야기를 나누었다. 주의 천사도 그들에게로 내려와 그들을 축복했다.

월요일에 그들은 저마다 제 방향으로 헤어졌다. 이처럼 형제는 많은 세월을 살았으며 매주 주의 천사는 그들에게로 내려와 그들을 축복했다.

어느 월요일 일을 하러 집에서 나와 저마다의 방향으로 갈리려고 했을 때 형 아파나시는 사랑하는 아우와 헤어지는 것이 서운해 걸음을 멈추고 뒤를 돌아보았다. 이오안은 고개를 떨어뜨리고 제 방향으로 걸으며 뒤돌아보지도 않았다. 그러나 이오안도 갑자기 걸음을 멈추고 무엇인가를 보기라도 한 듯 손으로 이마를 가리고 저편을 찬찬히 바라보기 시작했다. 이윽고 그는 바라보던 쪽으로 다가가더니 한 편으로 훌쩍 뛰어 물러나 뒤돌아보지도 않고 산기슭으로 뛰어갔다. 그리고 그는 사나운 짐승에게 쫓기기라도 하듯이 산 위로 올라가기 시작했다.

아파나시는 이상하게 생각하고 그곳으로 되돌아가 자기 동생이 무엇 때문에 그렇게 놀랐는지를 알아보려고 하였다. 그는 더 가까이 다가가 무엇인가가 햇볕에 반짝이고 있는 것을 보았다. 가까이 다가가자 마치 말로 되어 부어 놓기라도 한 듯 금덩어리가 풀 위에 놓여 있었다. 아파나시는 금을 보고 놀란 것은 말할 것도 없지만 아우가 훌쩍 뛰어 물러나 도망친 것에 더더욱 놀랐다.

'무엇에 놀라 무엇 때문에 저렇게 도망친 것일까?'

아파나시는 생각했다.

'죄는 금에 있는 것이 아니라 사람에게 있다. 금은 죄를 만들 수 있지만 선을 만들 수도 있다. 이 금으로 얼마나 많은 고아며 과부들을 먹여 살릴 수 있고 얼마나 많은 헐벗은 사람들을 입힐 수 있으며 불구자와 병자들을 얼마나 많이 고칠 수 있는가! 우리들은 지금 사람들을 위하여 더 많은 일을 할 수 있다.'

아파나시는 이렇게 생각하고 이러한 모든 것을 동생에게 말하려고 하였으나 이오안은 어느새 멀리 떠나 버려 저 멀리 다른 산에서 조그만 모습으로 보일 뿐이었다.

아파나시는 옷을 벗어 던지고 가져갈 수 있을 만큼의 금을 그 속에 긁어 넣어 어깨에 짊어지고 도시로 날랐다. 객줏집에 이르러 객주에게 금을 맡기고 나머지 금을 가지러 갔다. 금을 다 날라 오자 장사치한테 가서 도시의 땅을 사고 돌과 목재를 사며 일꾼을 부려 집을 세 채 짓기 시작했다. 아파나시는 도시에서 석 달 동안 지내며 도시에 집을 세 채 지었다. 한 채는 과부와 고아들을 위한 양호시설, 한 채는 병자와 불구자들을 위한 요양시설, 한 채는 부랑자와 거지들을 위한 수용시설이었다. 그리고 아파나시는 믿음이 깊은 늙은이를 세 사람 찾아내어 한 사람은 양호시설, 한 사람은 요양시설, 한 사람은 수용시설의 감독으로 앉혔다.

그리고 아파나시에게는 또 금화가 삼천 닢이나 남았다. 그는 각각의 늙은이에게 천 닢씩의 금화를 맡겨 가난한 사람들에게 나누어 주도록 하였다. 세 채의 집은 모두 사람들로 차게 되었다. 그리고 사람들은 아파나시가 한 모든 행동에 대하여 칭찬하였다. 아파나시는 그것이 기뻐서 도시를 떠나고 싶지 않았다. 그러나 아파나시는 자기 동생을 사랑하고 있었던 터라 사람들과 작별을 하고 한 푼의 금화도 갖지 않고 예전의 낡은 옷을 그대로 입은 채 자기의 살림집으로 떠났다.

아파나시는 그 산으로 다가가면서 생각하였다. '동생은 금으로부터 도망쳤는데 그것은 옳은 판단이 아니다. 내가 한 짓이 더 옳은 것이 아니었을까?'

아파나시가 이렇게 막 생각하고 있자 별안간 언제나 형제를 축복하였던 천사가 그가 가는 길에 나타나 그를 무섭게 노려보고 있는 것이 보였다. 아파나시는 멍하니 정신을 잃고 그저 이렇게 말했을 뿐이었다.

"아니 왜 그러십니까?"

천사는 입을 열고 말했다.

"여기에서 돌아가거라. 너는 네 동생과 함께 사는 데 어울리지 않는다. 네 동생의 한 번의 뜀질은 네가 그 황금으로 행한 모든 행동보다 한결 더 값지다!"

그는 얼마나 많은 가난뱅이와 부랑자들을 먹여 살렸는지, 얼마나 많은 고아들을 보살펴주었는지를 이야기했다. 그러자 천사는 말했다.

“그것은 너를 유혹하려고 그 황금을 놓았던 악마가 너에
게 그런 말을 가르친 것이다……”

그러자 그때 그의 양심이 아파나시의 눈을 뜨게 했다.
그는 자기가 한 행동이 선을 위하여 행한 것이 아님을 깨
닫고 울음을 터뜨리며 뉘우치기 시작했다.

그때 천사는 길을 비키며 그에게 이오안이 형을 기다리
면서 벌써 서 있던 길을 터주었다. 그런 뒤로 아파나시는
황금을 뿌렸던 악마의 꾐에 빠지지 않았다. 그리고 신과 사
람을 위하여 일을 할 수 있는 것은 황금에 의하여서가 아
니라 오직 노동에서 오는 것임을 깨달았다.

그리하여 두 형제는 예전처럼 화목하고 다정하게 살게
되었다.

고려의 호색한 충혜왕과 여인들

원래 호색한은 어느 나라 어느 시대에도 존재했지만 아버지의 후비까지 범했던 왕은 드물 것이다. 호색한의 대표적인 인물인 고려 충혜왕의 기록이 유명하다.

그는 어려서부터 놀기를 좋아하고 음탕한 기질이 있었으며 왕위에 오른 후엔 정사를 뒷전으로 미룬 채 매일 사냥을 하거나 지위고하를 막론하고 여색을 탐했는데 미색이 있다는 말만 들리면 직접 말을 타고 나가 욕을 보이고 마는 성질이라 신하들은 충혜왕 앞에서는 아예 미색의 '미' 자도 꺼내지 않았다고 한다.

어느 날 내시 유성의 아내 인씨가 미색이라는 말을 들은 충혜왕은 신하들을 거느리고 유성의 집에 행차를 하여 부인을 겁탈하고 궁으로 돌아오는 길이었다. 오지그릇이 담긴 광주리를 머리에 이고 가던 여인이 충혜왕이 탄 말 쪽으로 비틀거리며 걸어오자 신하가 호령을 하며 비키라고 하였다. 여인은 몸을 피하려다 광주리의 그릇과 함께 바닥에 쓰러졌다.

요란한 소리를 듣고 무심결에 고개를 돌린 왕은 바닥에 쓰러진 여인에게 시선이 가 있었다. 그릇을 주워 담는 여인은 정신이 없었는지 무릎 위로 올라간 치마 사이로 매끈한 허벅지가 그대로 드러났다. 그녀를 보는 순간 음탕한 욕구가 치민 왕은 신하에게 그 여인과 함께 잠자리를 할 것이니 대령시키라 명했다. 첨엔 깨진 그릇 값을 후하게 쳐준다 하여 신하를 따라가 보니 으리으리한 대감 집에서 하녀들의 시중을 받으며 목욕을 하고 비단옷을 입혀 단장을 시키는 것이 아니겠는가! 하녀가 방으로 안내를 했는데 비단 금침이 깔린 방에는 산해진미를 가득 차려 놓은 밥상이 있었다.

이를 본 여인은 군침을 삼키며 놀란 가슴을 진정시키고 있었으나 그 순간 갑자기 지체 높은 양반이 나타나 그 여인을 범하기 시작했다. 그가 왕이란 사실을 알자 여인은 오히려 과감한 몸짓을 하며 두려움도 조심성도 없이 적나라한 행동을 서슴지 않았다. 충혜왕은 여인의 행동에 놀라지 않을 수 없었다.

지금껏 왕이라는 존엄함 때문인지 모든 여인들은 조심성 있는 행동과 몸가짐을 보였지만 그녀는 달랐다. 아주 능동적이고 오히려 자신이 그녀에게 이끌리며 묘한 매력에 휩싸인 왕은 그녀와 환락의 시간 속으로 빠져들었다. 그 후 그녀를 대궐로 불러들여 은천옹주에 봉했다고 한다. 당시로서는 일약 그릇 파는 천한 신분의 처녀가 왕의 후궁으로 급상승한 것이었다. 이런 식으로 정사보다는 여색을 탐했던 충혜왕에게는 정실을 비롯한 후궁들이 많이 있었으나 특히 은천옹주의 처소를 찾는 일이 잦았다고 한다.

그뿐 아니라 충혜왕이 패륜아로 역사에 기록된 결정적인 사건은 연회를 핑계 삼았다는 것이다. 매번 마련한 술자리가 끝이 나자 술에 취한 척하며 부왕의 후비인 권씨 방에 들어가 겁탈을 하려고 하였다. 수비 권씨가 완강히 반항하자 신하들로 하여금 손과 발을 붙잡게 하고 입을 틀어막은 후 여인을 범했다고 한다. 또한 부왕의 후비 숙공휘령공주도 강간을 했는데 수법은 권씨와 같았다. 충혜왕이 원나라 귀족 출신의 숙공휘령공주를 강제로 범한 일은 폐위의 결정적 원인이었다고 한다.

이렇게 호색을 일삼던 충혜왕의 행각이 원나라에 알려지면서 원나라에서 충혜왕을 폐위시키고 원으로 압송하여 귀양을 가던 중에 악양현이라는 곳에서 충혜왕은 운명을 달리했다. 하지만 그가 죽음을 맞이하던 그 순간에는 아무도 지켜주는 이 없이 쓸쓸하게 세상을 떠나야 했다 한다.

살아생전 수많은 여성들을 거느렸던 호색한의 말로는 이렇듯 너무나 외로웠는데 사람을 마음으로 대하지 못하고 욕심을 채우는 수단으로 생각했던 그가 참으로 가엽게 느껴지는 건 왜일까? 후세의 사고가 깃들어지는 부분이기도 하다.

다자구야 들자구야

먼 옛날에 있은 일이다. 한국 소백산에는 도적 떼들이 무척 많았다 한다. 그 사실을 입증이라도 하듯 '다자구야 들자구야'라는 민요가 지금까지 전해지고 있다. 이는 도둑을 잡기 위한 신호였다고 한다.

과연 어떤 사연이 있기에 그런 말이 생겨났을까?

소백산 기슭의 충북 단양군과 경북 영주시를 경계로 하고 있는 죽령고개에 얽힌 이야기로서 이야기의 무대는 그 옛날에는 '대재'라 불렸다 한다.

이 대재는 험준한 산골인 반면 흉악한 도적들로 인해 주민들은 영주와 단양을 넘나들기가 매우 힘들고 어려웠다. 금품은 물론 심지어 생명까지도 소홀히 여기는 도적 떼를 관가에서도 제대로 손을 쓰지 못하고 전전긍긍하는 수밖에 없었다. 그중 가장 큰 이유는 산세가 무척이나 험할뿐더러 신속히 움직이는 도적들을 당해낼 수 없었기 때문이었다. 이로 인해 관가에 연일 하소연을 하러 오는 피해자들 때문에 이 고을 사또는 매우 곤욕을 치러야 했다.

그러던 어느 날 사또에게 한 할머니가 찾아왔다. 또 어떤 하소연을 들을까 생각하는 사또에게 할머니는 다가가 귓속말로 몇 마디 이야기를 하였다.

잠시 후였다. 무슨 말이었는지 사또는 미소를 짓기 시작했다. 그 후 대재의 골짜기에선 이상한 외침이 울렸다.

"다자구야…… 들자구야…….",

"다자구야…… 들자구야……."

이런 외침은 산적들의 귀에까지 들어가 그들은 그 외침의 주인공을 잡아오게 하였다.

그 사람은 다름이 아닌 사또와 만나 이야기를 했던 바로 그 할머니였다. 산적 두목은 웬 늙은이냐고 묻자 할머니는 "얼마 전 제 아들이 소식이 끊겨 찾아 헤매고 있습지요. 큰 아들의 이름은 다자구요이고 작은아들 이름은 들자구요이었지요." 하는 것이었다. 그러나 결국 할머니는 산적들에게 붙잡혀 부엌일을 맡아보게 되었다.

세월이 흘러 산적 두목의 생일날이 다가왔다. 부하들이 흥에 겨워 술과 음식을 잔뜩 먹고 마시며 분위기가 고조되어 있을 때쯤에 "들자구야~! 들자구야~!" 하고 소리가 들렸다. 갑자기 할머니의 외침이 산적들을 놀라게 하였다. 그러자 산적 두목은 "이 할멈아, 무슨 소리야? 갑자기……." 하며 큰 눈을 부릅뜨고 금방이라도 큰일을 내려는 듯이 노려보았다. 그러자 할머니는 "아, 갑자기 작은 아들이 생각나서……." 하고 대답했다. 그래도 산적 두목은 "조용히 해! 한 번만 더 소리치면 가만 두지 않겠다." 하는 것이었다. 그런 후 한밤이 지날 무렵 산적들은 술에 취하여 하나둘 잠에 빠지기 시작했다.

흐르는 적막…….

"다자구야~! 다자구야~!"

할머니의 신호가 들리자 때를 기다리고 있던 사또의 군사들이 잽싸게 들이닥쳐 술에 취해 깊은 잠에 빠진 도적 떼를 일망타진하게 되었다.

그런데 그 할머니는 다름 아닌 산을 지키는 산신령으로, 도적들의 횡포에 화가 나서 응징을 한 것이었다. 현재 충청북도 단양군 대강면 용부원리에 속한 대재(죽령고개) 바로 아래에는 그 옛날 할머니를 기리는 도둑바위라는 바위 앞에 제단(죽령 산신당)이 있다.

사대독자의 살인누명

조선조 중엽에 아들이 몹시 귀한 가문의 삼대독자로 정홍수(丁弘洙)란 선비가 있었다. 홍수는 그 귀한 아들 하나라도 얻기 위하여 유명하다는 명산대천을 찾아다니며 공을 들였다. 그 공덕을 입었던지 겨우 아들 하나를 얻게 되어 그 아이 이름을 정창옥이라 지었다. 창옥은 어려서부터 자라나면서 남다른 비범함에 뭇사람들의 칭찬이 끊이지 않았다. 더구나 4대독자인 귀한 아들이었으니 그야말로 금지옥엽으로 들면 날까 놓으면 깨질까 하고 무척 귀엽게 키웠다.

그러던 어느 날 지나가던 걸승이 창옥의 얼굴을, 덮은 삿갓을 쳐들고 내려다보더니 "어허, 그것 참 안됐구나!" 하면서 혀를 끌끌 차고는 가던 길을 가는 것이 아니겠는가!

그러자 창옥 아버지는 아차 하면서 무엇인가 궁금한 생각에 그 걸승을 찾아보았지만 그 걸승은 이미 모습을 감추어버린 뒤였다.

그 후 세월이 흘러 아이가 열댓 살 먹게 되었을 때 인간의 운명을 귀신처럼 알아맞힌다는 길도사(吉道士)를 찾아갔다. 길도사는 향을 피운 방 안에 향냄새가 진동하자 주역 팔괘를 응용하여 창옥의 앞날을 예지하기 시작했다. 작괘(作卦)를 해놓고 괘상(卦象)을 한참 주시하더니 다음과 같이 예언을 했다.

"이 아이는 틀림없이 18살 때에 명문가 규수와 혼례를 치르게 될 것이요. 하지만 혼례를 치르고 동침하다 급사를 하게 되니 이 또한 한 인간의 슬픔이 아닐 수 없소!……"

이런 예언을 들은 아이의 아버지 정홍수는 "4대 독자인 아들이 그럴 바에야 차라리 내가 죽어 그 액땜을 할 수는 없소이까?" 하며 길도사에게 매달렸다. 눈물을 흘리며 매달리는 정홍수가 길도사에게 막무가내로 통사정을 하자 길도사는 냉정한 표정을 지으면서 "인간의 운명은 하늘이 이미 정해준 천명인데 그 어찌 나약한 인간의 힘으로 그것을 좌지우지 할 수 있겠소이까?!" 하며 단호하게 거절해버렸다. "그리고 설령 액을 면할 수 있는 비방을 가르쳐준다 해도 그것을 순간적으로 지키지 못하고 마는 게 또한 인간이요……" 길도사의 이 같은 설명에도 불구하고 정홍수는

"사람 하나 살려주시오!" 하며 애원을 했다.

길도사는 매달린 정홍수가 안타까워 "본래 생명에 관한 비방(秘方)은 천기누설에 해당하기 때문에 그 비밀을 철저히 지켜야 하며 만약 그렇지 못하고 경솔하게 처신하면 반드시 천해(天害)가 있게 되오!"라고 힘주어 설명했다.

이렇게 비방을 설파한 길도사는 누런 종이 위에 개 세 마리를 그린 그림을 접어주면서 "이 그림을 아들인 창옥이에게 주되 펼쳐보지 말고 생명이 위급하다고 느낄 때 펴보도록 하시오!"라고 지시했다.

그 후 세월이 흘러 창옥이가 열여덟 살이 되자 길도사가 예언한 대로 혼담이 날마다 줄을 이었다. 그중에서 물색하고 물색한 재상의 딸 박선영(朴仙英)과 혼례를 치렀다. 창옥은 길도사가 시키는 대로 잠은 물론이고 물 한 모금도 처가 집에서 마시지 않고 집으로 돌아왔다. 사람들은 "별 이상한 혼례도 다 보았다!" 하며 비아냥댔다.

그런가 하면 신부 측에서도 의아하게 생각했다. 그도 그럴 수밖에 없는 것이 아닌 밤중에 날벼락처럼 혼례를 치른 신랑이 본가로 돌아가 버리자 신부는 그대로 친정에 눌러 있게 되었다.

그리하여 혼례 초부터 독수공방을 하게 된 신부는 불운하게도 삼 일째 되던 날 비명에 죽고 말았다. 칼에 깊숙이 찔린 배의 상처에서 나는 피가 방바닥에 흥건하게 고였고 아래 속옷은 벗겨져 있었다.

상황이 이렇게 되자 창옥의 처가식구들은 하늘이 무너진 듯 대성통곡을 했고 많은 사람들은 "신랑이 한 짓이 아니고 누가 그랬겠느냐?"며 신랑을 죄인으로 몰아붙였다.

그도 그럴 것이 물 한 모금 밥 한 숟갈 먹지 않고 잠도 자지 않은 채 신랑이 제집으로 돌아갔으니 그런 말을 듣는 것도 결코 무리는 아니었다. 처가 식구들은 우선 시신을 거두어 장례를 치르고는 신랑을 살인범으로 단정하고 형조에 고발을 하였다.

살인죄 누명을 쓴 채 형틀에 매어 있는 창옥은 "나는 절대 그 사람을 죽이지 않았다."고 완강하게 부인했다. 그러나 형조판서는 눈알을 부라리며 바른 대로 말을 하라고 주리를 틀어댔다. 너무나 엄청난 고문에 못 이겨 길도사가 가르쳐준 대로 했을 뿐이라고 사실대로 털어놓았다. 하지만 형조판서는 그것으로는 물증이 될 수 없다며 목을 쳐서 저자거리에 매달도록 엄명을 내렸다.

창옥은 내일 날만 밝아지면 목이 댕그랑하고 끊어질 것을 생각하니 온몸이 오싹했다. 밤새도록 잠을 이루지 못한 채 옥에 갇혀 있는데 형장에서 목을 치는 망나니가 다가와 "이놈아! 가자. 내가 오늘은 너의 목을 베는 게 하루 일과다. 그러니 죽을 놈 같으면 일찌감치 죽어야 나도 일찍 손 발 씻고 처자식 있는 집으로 돌아갈 게 아니냐?!" 하는 것이다. 그러자 창옥이는 막연하게나마 무엇인가 골똘히 생각하다가 갑자기 큰소리로 외쳐댔다.

"아! 바로 이거다!"

그 언젠가 길도사께서 가르쳐준 비방이라며 아버지가 허리춤에 간직하라고 했던 호신용 그림이란 것이 생각났다. 허리춤에 똘똘 뭉쳐 있는 그림을 꺼내 형리(刑吏)에게 주면서 형조판서에게 전달해주고 오도록 부탁했다.

그러자 형리는 "그 참! 별놈 다 보았네. 무슨 놈의 이런 좋지도 않은 종이뭉치를 주라고 하는 거야?" 하며 형조판서에게 바쳐진 그 그림이 서서히 펼쳐지기 시작할 때다. 한참 동안 그림을 보고 있던 판서는 큰소리로 명령을 내렸다.

"여봐라. 지금 당장 가서 신부 집에 있는 머슴 황삼술(黃三戌)이란 놈을 냉큼 잡아오도록 해라."

형조판서가 펼쳐본 그림에는 누런 종이에 개 세 마리가 그려있기 때문이었다. 누런 종이는 황씨(黃氏) 성을 말하고 개 세 마리는 삼술(三戌)이 되므로 이를 종합해보면 황삼술(黃三戌)이 되었다.

그리하여 머슴살이하는 머슴 중에서 황삼술을 잡아오도록 했던 것이다. 형틀에 묶인 황삼술은 죽을죄를 지었다며 모든 것을 사실대로 털어놓았다.

"사실은 소인 놈이 오래전부터 죽은 이씨 집에서 머슴살이를 해오던 차에 아씨의 얼굴이 어찌나 예쁘고 품행이 단정한지 나도 모르게 홀딱 반해 언제부터인가 짝사랑을 해오고 있었는데 갑자기 아씨가 혼례를 치러버렸습니다. 혼자서 울분을 참지 못해 아씨방으로 들어갔지요. 사실은 신랑놈이 괘씸해서 죽이려고 칼을 쥐어들고 들어갔는데 아씨께서 혼자서 속옷 바람으로 주무시고 계시기에 이불 속에 슬그머니 손을 넣어 보았는데 그 순간 아! 소리와 함께 아씨가 그만 잠에서 깨어나서 불을 켜더니 소인 놈의 뺨을 후려쳤지요. 그래도 소인 놈은 꿇어앉아 '아씨께서 한 번만 제게 몸을 섞어 주신다면 죽어도 소원이 없겠습니다!'라고 사정했지만 '죽이려면 죽이거라!'고 몸을 내밀기에 엉겁결에 칼로 젖가슴을 내려쳤습니다……."

그는 살인하게 된 과정을 울먹이며 말하는 것이었다.

그 후 머슴의 목이 저자거리에 매달리고 누명을 벗은 정창옥은 길도사를 찾아가 의부(義父)가 되어 줄 것을 사정하여 부자간의 정을 맺으니 정창옥은 길도사를 친아버지처럼 섬겨 생명의 은인에 보답하였다.

일설에 의하면 길도사는 맹인이었다고도 하는데 길도사는 인간의 운명을 명확하게 볼 수 있는 천리안을 가진 데다 그에 상응한 횡액(橫厄)을 면할 수 있는 비방에도 능통했던 사람이었다 한다.

성종과 남첩을 둔 여인

지금으로부터 5백여 년 전이다.

조선왕조 9대 임금인 성종(成宗)은 사주팔자에 관심을 갖고 있었던 것이다. 어느 날이었다. 그는 한 신하를 불러놓고 좋은 날을 골라 자신과 같은 생년, 생월, 생일, 생시에 출생한 사람을 찾아오라는 어명을 내렸다.

어명을 받은 신하는 온 나라를 샅샅이 뒤져본 결과 성종 임금과 사주팔자가 똑같은 한 여인을 데리고 왔다.

그 여인의 뛰어난 미모와 시냇물이 흐르는 듯한 막힘이 없는 언변은 보통 여인과는 사뭇 달랐다. 한마디로 여중호걸이라고 함이 오히려 옳은 표현일 것이었다.

서울에 산다는 그 여인은 자신이 지금까지 살아온 파란

만장한 삶을 죽 늘어놓았다.

"소인은 조상 대대로 풍요로움을 누려온 가문에서 태어나 어릴 때부터 남다르게 머리가 총명하고 지혜가 많아 사물을 보면 예리한 판단을 했다고 합니다. 그래서 그랬는지 아버님께서는 소인을 유별나게 사랑해 주었사옵니다. 나이가 들자 아버님의 권유에 따라 인품이 고결하기로 유명한 선비와 결혼을 하게 되었지요. 그러나 뜻하지 않게 남편이 급사하는 바람에 졸지에 청상과부가 되고 마는 지경에 이르렀사옵니다. 남정네의 정을 모르는 채 밤이면 남모르는 슬픔과 번민에서 헤어나지 못하고 독수공방을 하다가도 낮이 되면 양반체면을 도외시하지 못하는지라 주로 역사책을 탐독하며 세월을 보내고 있사옵니다……."

성종 임금은 자신하고 사주가 같다면 무엇인가 일치하는 점이 있어야 될 텐데 그렇지 못하여 이상하다 생각한 나머지 그 여인을 향하여 엄중한 어명을 내렸다.

"그대가 모든 것을 솔직하게 털어놓는다면 지금까지 한 말에 거짓이 있을망정 용서하겠으나 계속 엉뚱한 거짓말로 짐을 희롱한다면 살아남지 못할 것이니라!"

성종 임금으로부터 엄명을 받은 여인은 눈물을 흘리면서 "상감마마, 죽을죄를 지었습니다. 소인을 죽여주세요!"라며 본분을 밝혔다. 그러면서 "다른 것은 사실이나 부자란 말은 거짓이었사옵니다. 사실은 몹시 궁핍하게 찌든 생활이라 종살이를 하다가 주인집이 노비 첩에서 면제를 시켜주고 중매를 해서 결혼하게 되었사옵니다!" 하고 아뢰었다.

성종은 여인이 종살이에서 면제돼 남편이 죽은 시기 등을 대조해본 결과 그 여인이 종살이 인명부에서 면제받던 날 성종은 정식으로 임금이 되었고 여인의 남편이 죽던 날 성종 임금은 왕비를 잃게 되었음을 알고 기이하게 생각했다.

하지만 성종 임금은 십여 명이나 되는 많은 후궁을 거느리고 있는 터라 그에 상응한 운명을 찾아보고자 더욱 자세히 물었다.

그러자 그 여인은 얼굴이 붉어지면서 성종 임금에게 "상감마마, 소인이 무슨 말씀을 드려도 괜찮은지요?" 하고 조심스럽게 운을 떼자 성종 임금은 "모든 것을 알아보고자 모처럼 어려운 자리를 마련했으니 티끌만큼도 거짓 없이 털어놓는 게 짐을 돕는 길이오!"라며 털어놓을 것을 권고했다.

그랬더니 여인은 그제야 미소를 띠면서 "소인은 옛날 중국 어느 왕비가 정부를 10여 명 두었듯이 소인 또한 공교롭게도 열세 명의 남첩을 두고 밤을 즐기고 있사옵니다!" 하는 것이었다.

이에 성종 임금은 그 여인이 신분은 다르지만 자신이 한 나라의 군왕계(君王界)에서 임금으로 즉위하고 왕비가 일찍 죽은 것과 후궁을 열세 명이나 둔 것 등의 사주팔자와 여인이 종살이에서 면제는 되었으나 남편이 일찍 죽은 것이며 남첩을 열세 명 둔 것의 사주팔자는 같은 생년월일시의 운명으로 서로 환경만 다를 뿐 그때그때 상황이 서로 대응되게 나타난 것이라고 심증을 굳히고 운명이란 것을 확신하게 되었다 한다.

과연 세상의 교묘한 일치는 순간에 태어나 세인을 궁금하게 하나 보다. 이것이 바로 인연과 운명의 만든 걸작이 아닐까?

천자 고종과 농사꾼

송나라 때 고종은 사석 선생의 예언대로 임금이 되자 그에 감동하여 전국에 있는 유명하다는 예언가, 대철학가, 도사 등을 불러 모아 자신과 같은 생년·생월·생시, 즉 사주팔자가 똑같은 사람을 찾아오라 했다.

그 결과 오지 촌락에서 농사를 지으며 산다는 이길몽(李吉夢)이란 사람이 고종 앞에 서게 됐다.

고종은 이길몽의 아래위를 몇 번이나 훑어보고서는 "그대는 나와 사주팔자가 같은데 그래 어디서 무엇을 하며 살아가고 있는고?" 하고 묻자 이길몽은 "예, 상감마마. 소인 놈은 산간벽촌에서 벌 열세 통을 치며 살아가고 있습니다!" 하고 대답했다.

고종은 무엇인가 수긍이 가는지 고개를 끄덕대며 다시 입을 열었다.

"그러면 건강은 어떻게 유지하느냐?"고 하자 이길몽은 "예, 상감마마. 소인이 살고 있는 곳은 산수(山水)가 수려하고 주위에 병풍처럼 둘러쳐 있는 열세 개의 산봉우리가 있어 맑은 공기가 충만하여 이렇게 건강하옵니다!"라며 은근히 과시했다.

고종은 웃음을 지으며 "과연 운명이란 묘한 거구나. 나는 한 나라의 임금으로서 열세 성(十三省)을 다스리고 열세 명이나 되는 제후(諸候)를 거느리고 있는데 그대는 벌을 열세 통이나 기르고 있다니 같은 처지로구나." 하고 파안대소를 했다.

이길몽은 송구하다는 듯이 "상감마마, 그것은 당치 않습니다. 일국(一國)의 국왕과 벌 열세 통을 어떻게 비유할 수 있단 말씀이옵니까?" 하고 아뢰었다.

고종은 이길몽에게 이렇게 그 연유를 설명했다.

"본시 천칙(天則)으로 한 나라에 두 임금이 있을 수가 없으므로 그대가 벌 열세 통을 기르는 것은 내가 열셋이란 성역(城域)을 통솔하는 것과 같은데 그 이치는 벌통마다 그 안에 많은 벌을 거느린 여왕(女王)벌이 있어 결국 열 셋이나 되는 산봉우리에서 벌들이 날아다니며 꿀을 만들어내고 있다니 그대는 오히려 나보다도 더 마음이 편안한 천자가 아니겠소?”

고종의 이와 같은 설명을 듣고 있던 이길몽은 “과연 그러하옵니다. 크고 작은 범위는 있지만 다 같이 십삼성(十三省) 십삼제후(十三諸候)를 거느린 상감마마나 벌 열세 통과 여왕벌 열셋을 거느린 것은 똑같습니다!”라고 인정했다.

고종은 이길몽을 돌려보내고 신하들을 불러 “인간에게는 반드시 보이지 않는 운명(運命)이란 것이 존재하느니 그런데도 세상에는 간혹 미신(迷信)이라고 일축해버리는 사람이 있지만 그것은 역리(易理)의 근본 뜻을 이해하지 못한 데서 오는 소치이오!”라며 운명에 관한 열변을 토했다 한다.

명나라 때 태조(太祖)도 자신의 생년, 월, 일, 시 등이 똑같은 사람을 찾아오라고 어명을 내린 일이 있었다.

어명이 내린 지 한 달이 다 되어갈 무렵 신하의 안내로 명 태조 앞에 보기에도 흉측한 거지 한 사람이 악취를 풍기며 무릎을 꿇고 앉았다.

거지는 얼마나 세수를 하지 않았는지 땟국물이 줄줄 흐르는 시커먼 얼굴에 입에서는 지독한 냄새가 풍겼다.

태조는 그 거지에게 “거지 생활을 몇 년이나 했느냐?”고 묻자

“이제 겨우 한 이십 년이 되옵니다!” 하고 거지로서의 대단한 경력을 과시하듯 대답했다.

그래서 태조는 거지에게 다시 “나는 임금의 몸이 돼 그

이름이 사방 곳곳에 났는데 너는 어찌하여 거지가 되었는고? 너와 나는 똑같은 생년월일시에 태어났으므로 소위 사주팔자가 같은데 왜 이렇게 다른 삶을 영위하고 있는지 그 까닭을 알 수 있느냐?"고 물어보았다.

그러자 그 거지는 "예, 상감마마. 어차피 인간의 삶은 꿈과 같은 것 아니겠습니까. 소인은 밤마다 꿈속에서나마 천자(天子)가 돼 많은 신하들과 천하의 미인들을 후궁으로 두고 호의호식을 하며 살아가고 있습니다. 세상 사람들은 나를 보고 '거지, 거지, 미친놈!'이라고 비웃지만 나만의 천국, 나만의 세계에서 그 어느 누구도 맛볼 수 없는 글자 그대로의 기상천외(奇想天外)한 삶을 영위하고 있습니다. 그러하오니 상감마마께서 고귀한 천자가 돼 나라를 다스리는 것이나 꿈속에서 천하를 다스리는 소인이나 뭐가 다를 바가 있겠습니까!" 하며 스스로의 판단을 자랑스럽게 펼쳐놓았다.

태조는 거지의 말을 듣고 파안대소(破顔大笑)하며 "세상에는 운명이 있다 없다 하여 다툼이 있더니 운명 있음은 역시 거역할 수 없는 하늘의 이치로구나. 양기(陽氣)가 강한 때는 낮으로 인간들이 주로 활동하는 양계(陽界)에는 내가 천자가 되지만 귀신들이 주로 활동하는 음계(陰界)에는 그대가 천자가 되느니. 이는 인간의 거역할 수 없는 운명이렷다!"고 한탄을 금치 못했다.

태조는 자신의 처지와 걸인의 처지가 같은 생년, 생월, 생
일, 생시에서 비롯된 까닭임을 실감하고는 그 거지에게 집
과 노비를 하사했다.

선덕여왕의 지혜

신라 27대 임금 덕만은 시호가 선덕여대왕이다. 성은 김씨이고 아버지는 진평왕으로 정관 6년 임진년(632년)에 왕위에 올라 나라를 16년 동안 다스리면서 뛰어난 지혜로 미리 알아낸 일이 세 가지 있다.

첫 번째 일은 이렇다.

중국의 당태종이 붉은색, 자주색, 흰색으로 그린 모란 그림과 그 씨앗 3되를 보내오니 선덕왕이 꽃 그림을 보고 말했다.

"이 꽃은 틀림없이 향기가 없다!"

그리고 이내 뜰에 심었더니 그 꽃이 피어서 떨어질 때까지 과연 그 말과 같이 향기가 없었다.

두 번째 일은 이렇다.

엄동설한의 겨울에 영묘사(靈廟寺) 옥문지(玉門池)에 개구리 떼가 모여 사나흘 동안 울어댔다. 그러자 문무대신들이 이상스럽게 여기며 선덕왕에게 물으니 왕은 각간 알천, 필탄 등의 장수에게 급히 명을 내려 정예 군사 2천을 뽑아 서울(서라벌) 서쪽으로 급히 가서 여근곡(女根谷)을 탐문하면 반드시 적병이 있을 터이니 덮쳐서 일망타진하라는 것이었다.

그러자 두 각간이 왕명을 받고 각기 군사 천 명씩 거느리고 서울(서라벌) 서쪽으로 탐문하니 부산 아래에 과연 여근곡이 있는데 이미 백제 병사 5백 명이 그곳에 숨어서 신라를 공격하려는 것을 선제공격으로 일망타진을 하게 되었다. 그리고 백제 장군 우소란 자는 남산 고개 바위 위에 숨어 있는 것을 발견하고 포위해 쏘아 죽였다. 또한 후속 지원군 1천3백 명이 오는 것마저 매복하고 있다가 공격해서 대승을 거두었다.

셋째 일은 이렇다.

선덕왕이 평소 건강하여 병이 없을 때 여러 신하들을 모아놓고 이러한 말을 하며 부탁을 하였던 것이다.

"아무 해(年), 아무 달(月), 아무 날(日)에 내가 죽거든 도리천 가운데 장사를 지내라"는 것이었다.

그러자 신하들이 그 위치를 자세히 몰라 어느 곳인가 물으니 왕은 이렇게 말했다.

"그곳은 낭산(남산) 남쪽이니라!"

과연 선덕왕이 예언한 그달, 그날에 이르러 여왕이 세상을 떠나자 신하들은 왕의 유언을 받들어 낭산 남쪽에 장사를 지냈다. 그 후 십여 년 뒤에 문무대왕이 선덕왕의 무덤 아래쪽에다 사천왕사(四天王寺)를 지었다.

불경에 이르기를 사천왕천 위에 도리천이 있다 하였다. 그래서 대왕이 신령스러운 줄을 재차 알게 되었으며 여왕이 살아생전에 예견한 2가지 일을 신하들이 왕에게 아뢰었다.

"어떻게 모란꽃과 개구리의 두 가지 일을 미리 알아내셨습니까?" 하고 묻자

선덕왕은 이렇게 말했다.

"꽃이 피어 있는 그림이었으나 나비가 없으니 향기가 없는 줄 알았다. 그것으로 당나라 황제는 짝 없는 나를 우롱했으며 개구리는 성난 모습이라 병사의 형상이다. 흰색의 방위는 서쪽이다. 그래서 병사가 서쪽에 숨어 있는 줄 알았다!"

이 말을 들은 신하들은 선덕왕의 뛰어난 지혜에 탄복했다.

그리고 세 가지 색깔의 꽃을 보낸 것은 신라에 세 여왕이 있을 줄 알아서인가. 선덕, 진덕, 진성이라는 이들이 세 여왕이다. 당나라 황제도 예지력이 보통이 아닌 능력이 있었다.

선덕여왕 재위 시 영묘사(靈廟寺)를 창건한 일은 양지 스님의 전기(傳記)에 자세하게 실려 있으며 별기(別記)에서는 "이 여왕 때에 돌을 다듬어 첨성대를 쌓았다."는 구절이 있다.

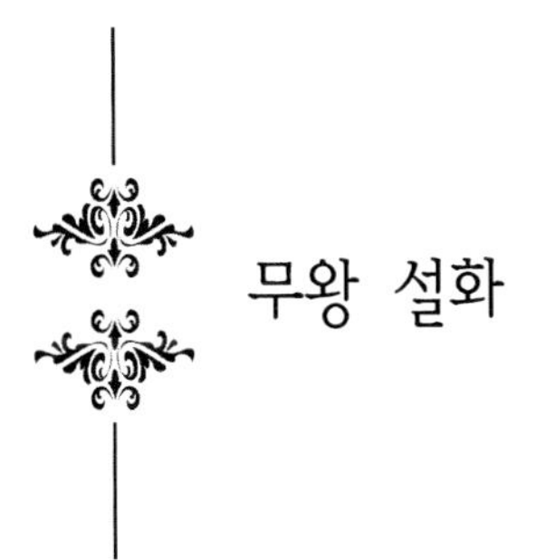

무왕 설화

무왕 설화란 가난하고 미천한 백제사람 서동(薯童)이 '서동요'(薯童謠)로 알려진 노래를 퍼뜨려 신라의 선화공주와 혼인하고 왕이 되었다는 설화이다. 무왕이 아니라 동성왕(東城王)이라는 말도 있다. ≪삼국유사≫ 제2권 기이편(紀異篇)에 실려 있다.

무왕의 이름은 장(璋)인데 백제(百濟) 제30대 무왕(武王)이다. 그의 어머니는 과부가 되어 서울 남쪽 못 가에 집을 짓고 살고 있었는데 그 못의 용(龍)과 관계하여 장을 낳았다. 아이 때 이름은 서동(薯童: 마동)이다. 재주와 도량이 커서 헤아리기가 어려웠다. 늘 마를 캐어 팔아서 생업을 삼았으므로 나라 사람들이 그로 말미암아 마동이라 이름 했

다. 그는 신라(新羅) 진평왕(眞平王)의 셋째공주 선화(善花)
가 아름답다는 말을 듣고 머리를 깎고 신라의 서울인 서라
벌(徐羅伐 지금의 慶州)로 가서 마를 동리 아이들에게 먹
이니 아이들과 친해져 그를 따르게 되었단다. 신라 진평왕
(眞平王)의 셋째 딸인 선화공주가 아름답다는 말을 듣고
선화공주가 서동과 사랑하여 밤이면 남몰래 서동의 방으로
안겨간다는 노래를 퍼뜨려 공주를 곤경에 빠지게 했다.

이에 그는 동요(童謠)를 지어 여러 아이를 꾀어 그것을
부르게 했는데 그 노래는 이렇다.

선화 공주님은 남 몰래 얼러두고
맛동방을 밤에 몰래 안고 가다

이런 동요가 서라벌 안에 쫙 퍼져서 대궐에까지 들려지
니 백관(百官)들이 임금에게 극력 간하여 공주를 먼 곳으로
귀양 보내게 했다.

선화공주가 궁중에서 쫓겨나자 서동은 공주와 백제에서
혼인했다. 서동은 공주로 인해 마를 캐던 곳에 쌓여 있던
것이 금이라는 것을 인식하게 되고 금을 지명법사(知命法
師)의 신통력으로 신라 궁중에 보냈다. 진평왕에게 인정을
받게 된 서동은 왕이 되었다. 서동과 선화공주가 사자사(獅
子寺)에 가는데 큰 못에서 미륵삼존(彌勒三尊)이 나타났다.

서동은 공주의 부탁에 따라 못을 메우고 그 자리에 미륵삼
존을 기려 미륵사를 세웠다.

이에 대한 이본도 존재한다.

하루는 무왕(武王)이 왕비와 함께 사자사에 가려고 용화
산 밑의 큰 못 가에 이르니 미륵삼존(彌勒三尊)이 못 가운
데서 나타나므로 수레를 멈추고 절을 올렸다.

왕비가 왕에게 말했다.

"이곳에 큰절을 세워야 하겠습니다. 진실로 제 소원입니다!"

왕은 그것을 허락했다. 지명법사에게 가서 못을 메울 일
을 물었더니 법사는 신통한 도의 힘으로써 하룻밤 사이에
산을 무너뜨려 못을 메워서 평지로 만들었다. 이에 미륵삼
존의 상(像)을 모방해 만들고 전(展: 佛閣)과 탑(塔)과 묘무
를 각각 세 곳에 세우고 절 이름을 미륵사(彌勒寺)라 하였
다. 신라 진평왕은 각종 공인(工人)을 보내 역사를 도와주
었다. 그 절은 지금도 남아 있다.

이는 삼국유사(三國遺事) 권2 무왕조(武王條)에 나오는
기록이다. 고본에는 무강왕(武康王)이라 했으나 백제에는
그런 왕이 없으니 누구는 30대 무왕이 아니라 25대 무령왕
(武寧王)일 거라는 추측 아래 그 전대인 동성왕(東城王) 15
년에 백제와 신라가 통혼한 사실을 두고 꾸며댄 로맨스일
거라고 보는 이도 있다. 설화 모티프는 평강공주와 바보 온
달과 비슷한 입신출세의 기이담(奇異譚)·통과제의(通過祭

儀)로 이 역시 고대소설의 일반적인 특징인 해피엔딩으로 끝나는 황당한 픽션이다.

황금을 흙처럼 쌓아놓았다는 건 실제 금이 아니고 이른바 물물교환이 교역수단이었을 당시 식료인 마(薯蕷)가 곧 돈(황금)이라는 시사가 된다. 지명법사의 신통력이란 사람의 지혜로는 측량할 수 없는 신비로운 도력(道力)으로 고대인이 믿은 주술력(呪術力)에서 나온다. 용화산은 미륵산의 본 이름이다. 용화(龍華)와 미륵(彌勒)은 같은 뜻이다.

이 설화는 주인공 서동의 출생과 성장, 혼인과 치부(致富), 즉위와 종교적 성취에 이르는 서동의 출세과정이 점층적으로 전개되고 있다. 이야기 끝에 사찰연기설화(寺刹緣起說話)가 붙은 것은 ≪삼국유사≫ 소재 설화의 공통적인 특징이다.

연오랑세오녀 설화

연오랑세오녀 설화(延烏郎細烏女說話)는 신라 때 연오랑과 세오녀 부부가 일본으로 가자 신라의 해와 달이 빛을 잃었으나 세오녀가 짠 비단으로 하늘에 제사를 드렸더니 다시 밝아졌다는 이야기이다.

원래 ≪수이전≫(殊異傳)에 실려 있었으며 고려 때 ≪삼국유사≫에 채록되어 전한다.

157년(아달라 4) 동해안에 살던 연오랑은 바닷가에서 해조를 따다가 갑자기 바위가 움직이는 바람에 일본에 건너갔다. 이를 본 왜인들은 연오랑을 비상한 사람으로 여겨 왕으로 삼았다.

세오녀는 남편이 돌아오지 않자 그를 찾아 나섰는데 남

편의 신이 바위 위에 있었다. 바위에 올라갔더니 바위가 움직여 세오녀도 일본에 가게 되었다. 이에 부부는 다시 만나고 세오녀는 귀비(貴妃)가 되었다.

이때 신라에서는 해와 달이 빛을 잃었는데 일관(日官)은 한국에 있던 해와 달의 정기(精氣)가 일본으로 가버려서 생긴 괴변이라 했다. 왕이 일본에 사자(使者)를 보냈더니 연오랑은 세오녀가 짠 고운 비단을 주며 이것으로 하늘에 제사를 드리면 된다고 했다.

신라에서 그 말대로 했더니 해와 달이 빛을 찾았다. 이에 왕은 그 비단을 국보로 삼고 비단을 넣어둔 임금의 창고를 귀비고(貴妃庫), 하늘에 제사 지낸 곳을 영일현(迎日縣) 또는 도기야(都祈野)라고 했다.

이 설화는 그 내용을 비롯하여 주인공의 이름과 지명 등 여러 가지 사실로 미루어 태양신화라 할 수 있다. 그 흔적은 지금도 영일만, 즉 '해맞이'라는 뜻의 지명 속에 남아 있다. 연오는 태양 속에 까마귀가 산다는 '양오'(陽烏)전설의 변음으로 금오(金烏)의 변형으로 볼 수 있다. ≪니혼쇼키≫(日本書紀)의 '천일창설화'(天日槍說話)도 태양신화인 것으로 볼 때 한국의 동남해안과 일본의 이즈모[出雲] 지방이 문화의 전승로였음을 가히 알 수 있다.

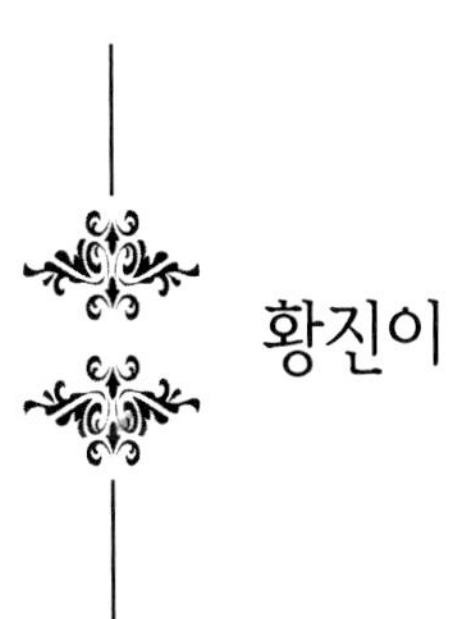

황진이

황진이는 조선 중종대 개성의 기생이며 시조시인이다. 박연폭포, 서경덕과 함께 송도3절(松都三絶)이라 일컫는다. 재색을 겸비한 조선조 최고의 명기이다. 어디를 가든 선비들과 어깨를 겨누고 대화하며 뛰어난 한시나 시조를 지었다. 가곡에도 뛰어나 그 음색이 청아했으며 당대 가야금의 묘수(妙手)라 불리는 이들까지도 그녀를 선녀(仙女)라고 칭찬했다.

황진이는 황진사의 서녀라고도 하고 맹인의 딸이라고도 하는데 일찍이 개성의 관기가 되었다. 15세 때 이웃의 한 서생이 황진이를 사모하다 병으로 죽게 되었는데 영구가 황진이의 집 앞에 당도했을 때 말이 슬피 울며 나가지 않았다. 황진이가 속적삼으로 관을 덮어주자 말이 움직여 나갔다. 이 일이 있은 후 기생이 되었다는 야담이 전한다.

기생이 된 후 뛰어난 미모, 활달한 성격, 청아한 소리, 예술적 재능으로 인해 명기로 대번에 이름을 날렸다. 화장을 안 하고 머리만 빗을 따름이었으나 광채가 나 다른 기생들을 압도했다. 송공대부인(宋公大夫人) 회갑연에 참석해 노래를 불러 모든 이의 칭송을 들었고 다른 기생들과 송공소실들의 질투를 한 몸에 받았으며 외국 사신들로부터 천하절색이라는 감탄을 두툼하게 받았다.

성격이 활달해 남자와 같았으며 협객의 풍을 지녀 남성에게 굴복하지 않고 오히려 남성들을 굴복시켰다. 30년간 벽만 바라보고 수도에 정진하는 지족선사(知足禪師)를 찾아가 미색으로 시험해 결국 굴복시키고 말았다는 일화는 유명하다. 시정의 돈만 아는 사람들이 천금을 가지고 유혹해도 돌아보지 않았으나 서경덕이 처사(處士)로 학문이 높다는 말을 듣고 찾아가 시험하다가 그의 높은 인격에 탄복하여 평생 서경덕을 사모했다. 거문고와 술, 안주를 가지고 자주 화담정사를 방문해 담론하며 스승으로 섬겼다.

종실(宗室) 벽계수가 황진이를 만나보기를 원했으나 황진이는 명사가 아니면 만나주지 않아 친구 이달에게 의론했다. 이달은 "진이의 집을 지나 누(樓)에 올라 술을 마시고 한 곡을 타면 진이가 곁에 와 앉을 것이다. 그때 본 체 만 체하고 일어나 말을 타고 가면 진이가 따라올 것이나 다리를 지나도록 돌아보지 말라.” 하고 일렀다.

벽계수는 그의 말대로 한 곡을 타고 다리로 향했다. 황진이가 이때 “청산리 벽계수야 수이감을 자랑마라 / 일도창해(一到滄海)하면 다시 오기 어려웨라 / 명월이 만공산(滿空山)하니 쉬여간들 어떠리”라는 시조를 읊었다. 이것을 들은 벽계수는 다리목에 이르러 뒤를 돌아보다 말에서 떨어졌다. 황진이는 웃으며 “명사가 아니라 풍류랑(風流郎)이다!”라고 하며 돌아가 버렸다고 한다.

소세양이 황진이의 소문을 듣고 “나는 30일만 같이 살면 능히 헤어질 수 있으며 추호도 미련을 갖지 않겠다.”라고 장담했다. 그러나 황진이와 만나 30일을 살고 이별하는 날 황진이가 작별의 한시 ‘송별소양곡’(送別蘇陽谷)을 지어주자 감동하여 애초의 장담을 꺾고 다시 머물렀다고 한다. 명창 이사종과는 그의 집에서 3년, 자기 집에서 3년, 모두 6년을 같이 살고 헤어졌다. 풍류묵객들과 명산대천을 두루 찾아다니기도 해 재상의 아들인 이생과 금강산을 유람할 때는 절에서 걸식하거나 몸을 팔아 식량을 얻기도 했다고 한다. 죽을 때 곡을 하지 말고 고악(鼓樂)으로 전송해 달라, 산에 묻지 말고 큰 길에 묻어 달라, 관도 쓰지 말고 동문 밖에 시체를 버려 뭇 버러지의 밥이 되게 하여 천하 여자들의 경계를 삼게 하라는 등의 유언을 했다는 야담도 전한다.

임제가 평안도사가 되어 부임하는 도중 황진이의 무덤에

제사를 지내면서 지었다는 "청초 우거진 골에……"로 시작되는 시조가 전한다. 그녀는 "동짓달 기나긴 밤을……"로 시작하는 시조를 포함해 모두 8수가량의 시조를 남겼고 '별 김경원'(別金慶元), '영반월'(詠半月), '송별소양곡', '등만월대회고'(登滿月臺懷古), '박연'(朴淵), '송도'(松都) 등의 한 시를 남겼다. '식소록'(識小錄), '어우야담', '송도기이'(松都紀異), '금계필담'(錦溪筆談), '동국시화휘성'(東國詩話彙成), '중경지'(中京誌), '조야휘언'(朝野彙言) 등의 문헌에 황진이에 관한 일화가 실려 전한다.

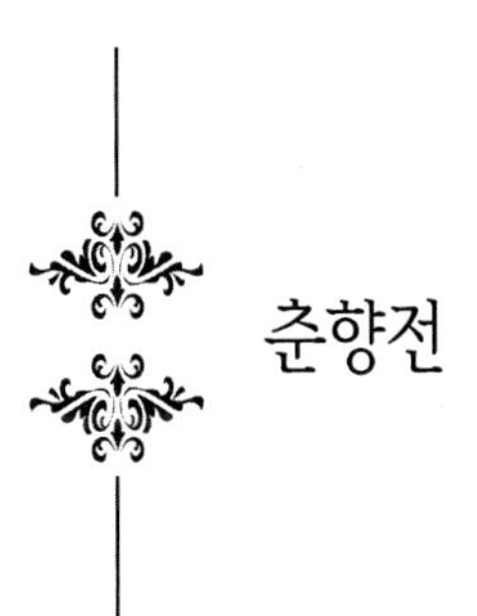

춘향전

춘향전은 조선족의 고전소설이자 우리 민족문화를 잘 반영한 영화이다. 작자 연대 미상(未詳)이다. 현재 국문본, 한문본, 국한문혼용본 등 70여 종에 달하는 이본이 전한다.

전라도 남원의 기생 성춘향이 광한루에 그네를 타러 나갔다가 사또의 아들 이몽룡을 만나 인연을 맺고 평생을 같이하기로 약속한다. 두 사람이 다른 사람의 눈을 피해 남모르는 사랑을 계속하던 중 사또가 서울로 자리를 옮기게 되면서 서로 헤어지게 된다. 춘향은 지조를 지키느라 다른 사람을 만나려 하지 않지만 새로 부임한 사또는 춘향에게 수청을 들라고 강요한다.

춘향은 죽기를 무릅쓰고 신관사또의 요구를 거절하다가

옥에 갇혀 죽을 위험에 처한다. 이때 암행어사가 되어 내려온 이몽룡이 춘향의 목숨을 구하고 함께 서울로 올라가 평생을 행복하게 산다는 이야기이다.

이 작품은 조선 후기 영조, 정조 시대에 생성되어 개화기를 거쳐 현재에 이르기까지 전승되는 이야기이다. 그동안 구전과 필사본으로 전해오다가 독자들의 요구가 증대하면서 목판본과 활자본 등으로 출간되었다. 이에 따라 그 내용이 늘어나기도 하고 축약되기도 하면서 내용과 형식상의 변모가 있었다.

그리하여 경판 16장과 같이 불과 7,000자 안팎의 짧은 이본이 있는가 하면 완판 84장본같이 2만 자 정도의 긴 작품도 있고 필사본 '남원고사'(南原古詞)처럼 무려 10만 자에 이르는 장편도 있다. 이 작품의 개작과정에서 일어난 변모는 단지 내용전개에 있어서뿐만 아니라 작품의 양식에서도 보인다. 이 작품은 소설로서뿐만 아니라 판소리, 희곡, 시나리오, 오페라 등의 다양한 형태로 개작되었다. 이에 따라 제목도 '춘향전', '춘향가', '열녀춘향수절가', '광한루기'(廣寒樓記), '광한루악부'(廣寒樓樂府), '남원고사', '옥중화'(獄中花), '옥중가인'(獄中佳人) 등으로 다르게 붙여졌다.

《춘향전》은 설화를 바탕으로 해서 이루어진 소설이다. 이 작품의 근원설화로는 여러 가지가 거론되는데 작품의 근간을 이룬 설화로는 '박색터설화', '암행어사설화'를 들

수 있다. ‘박색터설화’는 일명 ‘신원설화’(伸寃說話)라고도 하는데 그 내용은 다음과 같다.

남원지방에 추하게 생긴 기생이 있었는데 너무나 박색이라 아무도 돌아보는 사람이 없었다. 어느 날 내가에 빨래하러 나갔다가 마침 말을 타고 다리를 건너는 사또의 아들을 보게 되었다. 그녀는 남몰래 그를 사모하게 되지만 어찌할 도리가 없었다. 그것이 병이 되어 죽게 되었는데 죽기 전에 마지막으로 얼굴이라도 한 번 보기를 소원했으나 끝내 그 소원은 이루어지지 않았다.

그리하여 그 기생은 한을 품고 죽었다. 그 후 남원지방에는 가뭄이 들어 3년이나 비가 오지 않았다. 사또가 그 사정을 알고 기생의 혼을 달래는 굿을 했더니 비가 왔다고 하는데 그 내용은 ≪춘향전≫의 전반부와 일치한다.

‘암행어사설화’는 양반 자제와 지방의 기생 사이에 일어난 연애담으로서 로진, 성이창, 박문수 등 실존 인물과 관련된 설화이다. 양반의 자제가 어떤 연유로 시골에 갔는데 어린 기생을 사귀다가 헤어지게 된다. 기생은 양반의 자제와 사귄 이후로 갖가지 어려움을 무릅쓰고 절개를 지킨다. 그러다가 암행어사가 되어 내려온 양반 자제를 다시 만나 행복하게 산다는 내용인데 ≪춘향전≫의 전체 줄거리와 대체로 근사하다. ≪춘향전≫에는 이 2가지 설화 외에도 다른 많은 국내외의 설화들이 수용되어 있으며 그 양상은 이본에 따라 다르게 나타난다.

《춘향전》은 유동(流動)의 문학, 적층(積層)의 문학으로서 개방성을 가진다. 이 작품은 구전설화를 근원으로 해서 흘러 다니다가 문자로 정착되었고 이후에도 구전설화, 소설, 판소리 등의 형태로 끊임없이 유동되면서 새로운 모습으로 변모되었다. 이 과정에서 새로운 요소들이 쌓이고 덧붙여지게 되는데 내용을 풍부하게 하고 흥미를 돋우기 위해서 여러 가지 요소들을 작품 안에 받아들였다. 한시, 시조, 가사, 속담, 서간문, 민요 등 여러 형식의 문학양식이 다양하게 수용되어 있다. 따라서 문체도 복합적 성격을 보이고 있어서 양반사회의 고상한 어투와 서민사회의 상스러운 어투가 혼재한다.

《춘향전》의 주제에 대해서는 여러 가지 견해가 있다. 여인의 정절을 고취한 것으로 보기도 하고 부정한 관리에 대한 저항으로 보기도 하며 남녀 간의 사랑으로 보기도 한다. 한 작품에 대해 이처럼 다양한 견해가 나오게 된 것은 작품을 보는 시각과 이본의 차이에서 비롯한다.

초기의 경판계 이본에서는 춘향의 정절을 강조하는 데 반해 그 후에 나온 판소리계 이본에서는 부정한 관리에 대한 저항의식을 부각시키고 있으며 후대의 개화기 이본에서는 남녀 간의 사랑에 초점을 맞춘다. 이 작품 속에는 상술한 3가지 측면이 동시에 나타나고 있지만 정절과 저항은 두 사람 사이의 사랑을 위한 방편이라는 점에서 작품의 주제는 남녀 간의 사랑으로 보는 것이 타당하다.

이 작품은 일관성의 결여, 논리의 상실 등 몇 가지 결함을 가진 것으로 지적받지만 그럼에도 불구하고 서민문학의 걸작으로 평가된다. 그것은 첫째, 서민들에게 친근한 소재를 취택하고 있고 둘째, 서민사회의 예술양식인 설화와 판소리를 통해 전파되었으며 셋째, 서민사회의 꿈과 정서를 절실하게 표출하고 있기 때문이다.

춘향전은 지금까지와 마찬가지로 앞으로도 우리민족 서민문학의 대표적 작품으로서 여러 가지 모습으로 새롭게 개작되면서 작품으로서의 생명을 유지해 나갈 것이다.

심청전

대명 성화연간 남군 땅에 사는 심현과 정씨 부인이 뒤늦게 딸 심청을 낳았다. 심청이 세 살 되던 해 정씨 부인이 죽고 심현은 눈먼 봉사가 되었다. 심청이 자라 아버지를 부양했다.

어느 날 딸을 마중 나가던 심현이 물에 빠졌는데 개법당 화주승(化主僧)이 구해주었다. 심현은 고마워하며 공양미 300석을 시주하기로 약속했다. 심청은 남경상인에게 공양미 300석을 받고 자신의 몸을 팔아 인단소 물에 몸을 던졌다.

물속에서 선녀가 심청을 용궁으로 데리고 갔는데 그곳에서 용왕으로부터 전생의 일과 앞으로의 운명을 듣게 된다. 용궁에서 어머니를 만난 뒤 다시 인단소에 이른다.

이때 남경상인들이 돌아오다가 인단소에 떠 있는 연꽃을 발견해 이를 왕에게 바쳤는데 왕은 연꽃에서 심청을 발견하고 새 왕비로 맞아들였다. 심청은 왕을 도와 선정(善政)을 베풀도록 했고 맹인잔치를 열도록 권한다. 이웃 노부부의 도움을 받아 겨우 살아가던 심현도 이 잔치에 참석해 심청을 다시 만나게 된다.

딸을 만난 기쁨에 눈을 뜬 심현은 호부상서 겸 대사마 초국공에 제수되고 좌승상 임한의 딸과 다시 혼인을 한 뒤 망월산 원심동에 있는 사찰을 중수(重修)한다. 그리고 고향에 돌아와 자신을 도와준 노부부와 이웃 사람들에게 상을 내린 다음 서울로 돌아간다.

그 뒤 심청은 3남 2녀를 두고 심현은 2남 1녀를 두어 행복하게 지냈다. 심현이 75세에 병을 얻어 죽자 임 부인이 통곡하다가 따라 죽었다. 심청은 부모를 고향에 정 부인과 나란히 묻은 뒤 3년상을 마치고 죽으니 이듬해 가을 왕도 죽었다.

작품 끝에 심현의 두 아들이 과거에 급제해 문벌을 빛냈으니 이 모두가 심청의 덕행 때문이라는 후일담이 붙어 있다. 그러나 경판 24장본 및 한남본(翰南本)은 모두 심현이 눈을 떠 국구(國舅)가 되어 임 부인과 결혼하는 것으로 끝맺고 있어 경판 26장본과 차이가 있다.

이상과 같이 경판 26장본은 판소리로 불리는 '심청가'와 달리 심 봉사가 눈을 뜬 뒤 궁중에서 벌어지는 후일담이 이어지는 특징을 보일 뿐 아니라 문체도 문장체로 되어 있다. 이 때문에 다른 판소리계 소설과 달리 '근원설화―소설―판소리'의 과정을 밟은 것으로 보는 견해도 있다.

경판계의 문장체 소설과 판소리 계통 소설과의 차이가 워낙 커서 현재로는 그 선후관계를 단정하기가 매우 어렵다. 다만 경판본은 영웅소설의 경우처럼 적강구조를 토대로 해 심청의 효를 강조하는가 하면 다른 판소리계 소설들에 비해 보수적인 세계관을 보이고 있다.

이에 반해 완판본은 경판본과 달리 판소리계 소설의 전형적인 모습을 담고 있다. 이는 강산제(江山制) 판소리를 텍스트로 간행한 것이기 때문이다. 우선 경판본에는 등장하지 않던 무릉촌 장승상 부인, 뺑덕어미, 맹인 안 씨라는 인물을 새롭게 등장시키고 있다.

또한 경판본에서는 점잖게 그려지던 심 봉사가 완판본에서는 매우 세속적이고 희극적인 인물로 그려진다. 특히 현실적이고 물질지향적인 새로운 인간형 뺑덕어미는 이러한 심 봉사를 희화화시키는 데 결정적인 역할을 담당하고 있다. 이처럼 경판본과 완판본은 인물뿐 아니라 문체, 주제, 의식지향에 있어서도 상당한 차이를 보이기 때문에 이본에 따른 세심한 분별이 필요하다.

또 여러 필사본은 크게 문장체 계열, 초기 심청가 계열,

그리고 창본계(唱本系) 필사본 계열로 나눌 수 있다. 특히 초기 심청가 계열이라 하는 것은 '장승상 부인의 시비(侍婢)를 따라가는'과 같이 후대에 형성된 더늠이 들어 있지 않은 것을 말한다.

이러한 계열 이본의 특징은 우선 심 봉사의 신분이 양반의 후예로 상승되어 있지 않은 것은 물론이고 그의 행동이 매우 어리석고 철없는 것으로 그려진다는 점이다. 또 곽씨 부인의 덕행이나 심청의 고귀한 성품 묘사나 영웅적인 행위도 거의 나타나지 않는다. 이 점에서 등장인물들은 철저하게 일상적, 세속적인 면모를 보이고 있다.

또한 심청이가 동냥하는 대목에서 마을사람들에게 심한 박대를 받는 등 가난한 현실이 잘 그려져 있는 것도 특이하다. 기타 창본계 필사본에는 완판본이나 구활자본을 텍스트로 해 필사한 것이 가장 많다.

이 작품에 대한 근원설화로는 인도의 '전동자(專童子)설화', '묘법동자(妙法童子)설화', 일본의 '소야희'(小夜姬), '삼국사기', '삼국유사'의 '효녀 지은(知恩)설화', ≪삼국유사≫의 '거타지(居陀知)설화' 등이 있다. 그 밖에 '인신공희(人身供犧)설화', '관음사 연기(緣起)설화', 불전(佛典)의 '효자 불공구친(佛功救親)설화'를 핵심적인 설화로 보기도 하며 오구굿 계통의 '황천무가'(黃泉巫歌)를 당시의 사회적 윤리에 맞는 소재로 각색한 것으로 보기도 했다.

그러나 정하영(鄭夏英)은 이같이 근원설화를 평면적으로 나열하던 문제점을 극복하기 위해 ≪심청전≫을 개안설화(開眼說話), 처녀희생설화(處女犧牲說話), 영웅설화라는 3개의 하위구조로 이루어진 것으로 보고 여기에 다시 출생담, 용궁담 등 17개의 화소가 개입되었다고 파악하기도 한다.

작품의 주제에 대해서는 불공에 따른 불교적 극락왕생 또는 불교적 재의(齋儀)로 보는 견해도 있으나 대체로 심청의 효를 주제로 보고 있다. 그러나 그 성격이 유교적 효인가, 불교적 효인가, 속신적(俗信的) 효인가에 대해서는 논자에 따라 견해가 다르다. 주제에 대한 강조뿐 아니라 작품 중에는 당시 하층민이 겪어야 했던 가난과 가치관의 파멸(심 봉사의 행동) 때문에 평범한 의미의 효도조차 할 수 없었던 상황이 잘 그려져 있다.

목숨을 버리는 것이 가장 큰 불효라고 할 수 있는데 심청은 효를 위해 목숨을 버리기까지 하는 역설이 이를 말해준다.

토끼전

토끼전은 작자와 연대 미상의 고전소설이다. 동물을 의인화한 우화소설로 조선 후기에 판소리로 불렸다. 조선어와 한어 혼용본 34종, 한문 필사본 4종, 판본 2종, 활자본 5종, 판소리 개작 및 전사본 10종 등을 합해 약 55종의 이본이 전한다. 제목은 이본에 따라 '별주부전'(鼈主簿傳), '토별가', '수궁가'(水宮歌), '퇴별전', '퇴별가', '토끼전', '토끼의 간' 등으로 다양하게 불린다.

용왕이 병이 났는데 좋다는 약을 다 써도 낫지 않았다. 어느 날 도사가 나타나 육지에 사는 토끼의 간을 먹으면 나을 것이라고 했다. 이에 자라가 토끼의 간을 구하러 육지로 가게 된다.

자라는 토끼를 만나 용궁에 가면 높은 벼슬을 준다는 등의 감언이설로 유혹한다. 토끼는 용왕 앞에서 자기가 속았음을 깨닫고 간을 육지에 두고 왔다고 둘러대어 위기를 모면한다. 자라와 함께 육지로 돌아온 토끼는 간을 빼놓고 다닐 수도 있냐며 자라를 비웃고 도망가 버린다.

토끼에게 속은 자라는 육지에서 죽거나 빈손으로 용궁에 돌아가며 자라의 정성에 감복한 도사가 용왕의 병을 고칠 수 있는 약을 주기도 한다.

'토끼전'은 인도의 설화에 뿌리를 둔 불전(佛典)설화가 조선에 들어와 토착화된 고전소설이다. 《삼국사기》 김유신열전(金庾信列專) 등의 문헌에 '구토설화'로 기록되기도 하면서 설화로 구전되어 오다가 조선 후기 판소리와 소설로 정착되었다고 본다. 원래는 교훈적, 종교적인 의미였으나 소설과 판소리로 개작되면서 사회풍자적 성격이 강해졌다.

이본에 따라서 표현의 차이가 있지만 조선 왕조의 지배체제가 위기에 이르렀다는 것을 병든 용왕을 통해 나타냈다고 보기도 한다. 용왕은 자기 병을 고치려는 욕심에 무고한 백성을 속여 희생시키는 것을 예사롭게 여기는 통치자이며 자라는 충성만을 보람으로 여기며 온갖 수모를 감수하는 우직한 신하이고 토끼는 헛되이 벼슬에 욕심을 품었다가 지혜로 위기를 모면하는 백성으로 볼 수 있다.

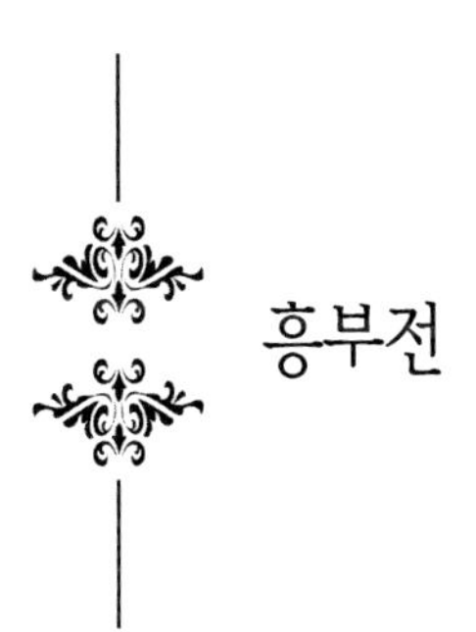

흥부전

흥부전은 조선 후기에 나온 작자, 연대 미상의 소설이다. 소설로서뿐만 아니라 판소리로도 불리고 있어서 판소리계 소설이라고도 한다.

옛날 전라도, 경상도, 충청도가 만나는 지역에 놀부와 흥부라는 형제가 살고 있었다. 형인 놀부는 심술궂고 욕심이 많아 부모의 재산을 모두 차지하고 아우를 내쫓는다. 그런데도 동생 흥부는 형을 원망하지 않고 산기슭에 움막을 치고 가난하게 살아간다. 흥부는 자식이 많고 가진 재산이 없어 끼니를 잇지 못하게 되자 형에게 찾아가서 양식을 구걸하지만 매만 맞고 돌아온다.

흥부는 남의 품을 팔기도 하고 남을 대신해서 매를 맞기도 하면서 갖은 애를 쓰지만 가난에서 벗어나지 못한다.

하루는 처마 밑에 떨어져서 다리를 다친 제비 새끼를 극진히 구완하여 살려주었더니 그 제비가 박씨 하나를 물어다주었다. 그것을 심자 박이 열렸는데 그 속에서 많은 금은보화가 쏟아져 큰 부자가 된다.

이 소식을 들은 놀부는 재물을 얻을 욕심에 제비 다리를 억지로 부러뜨리고 싸매주었지만 제비가 가져다준 박씨에서는 온갖 재앙이 쏟아져 나와 패가망신한다.

이 작품의 근원설화로는 동물보은담(動物報恩譚), 선악형제담(善惡兄弟譚), 무한재보담(無限財寶譚), 모방담(模倣譚) 등을 꼽는데 이 설화들은 이미 세상에 널리 유포되어 있으며 이런 설화들이 서로 유동하는 사이에 자연스럽게 하나의 이야기를 이룬 것으로 보인다. 이 작품은 주로 구전설화로 전해지다가 판소리로 불리면서 내용에 첨삭이 가해지고 세련된 형식을 띠게 되었다.

판소리에서는 '흥보가', '박타령'이라고도 하며 개화기에 이르러 이 작품이 새로운 모습을 띠게 되면서 ≪연(燕)의 각(脚)≫이라는 이름의 신소설 형식으로 개작되기도 했다.

'흥부전'의 주제는 형제간의 우애를 강조하는 도덕적 측면에서 이해한 경우와 빈부 간의 편차를 문제 삼은 사회적, 경제적 측면에서 이해한 경우로 나눌 수 있다. 표면상으로 볼 때 이 작품은 우애를 내세우고 있지만 작품의 중심 소재는 도덕률과 재물의 갈등에 있다. 가난하면서도 착하게 살려고 하는 인물과 부유하면서도 탐욕스럽게 사는 인물의 대비를 통해 생의 한 면을 보여주고 있다.

이처럼 심각한 문제를 다루면서도 작품의 분위기가 결코 무겁지 않은 것은 판소리적 특성에서 연유한다. 놀부의 심술과 흥부의 가난에 대해 과장된 수사법을 사용하여 해학성을 높임으로써 독자들을 흥미롭게 한다. 이로 인해 소재의 심각성을 상실했다는 비판을 받기도 하지만 이 작품은 《춘향전》, 《심청전》 같은 여성 취향의 소설과는 달리 남성을 주인공으로 하고 서민의 실생활과 직접적 연관을 갖는 경제문제를 주제로 내세웠다는 점에서 기존의 고대소설과는 다른 일면을 보인다.

# 온달 설화

온달 설화란 온달(559~590)에 얽힌 인물전설이다. ≪삼
국사기≫ 열전에 실려 있다.

고구려 평원왕 때 외모는 누추하나 마음은 명랑한 바보
온달이라는 거지가 있었는데 집안이 가난하여 거리를 돌아
다니며 구걸해서 눈먼 어머니를 봉양했다.

당시 평원왕에게 울보인 딸(평강공주)이 있어서 늘 바보
온달에게 시집보내겠다고 놀렸다. 공주가 자라서 상부 고씨
에게 출가하라는 부왕의 명을 어릴 때의 농담을 들어 거역
하자 왕은 공주를 궁궐에서 내쫓는다.

공주는 온달을 찾아가서 온달 모자를 설득하여 결혼을
한다. 몸에 지니고 나온 금팔찌로 병든 국마를 사서 잘 길

러 준마를 만들고 그 말로 온달이 무술을 연마하게 했다. 고구려에는 매년 3월 3일 군신 및 5부의 병사들이 낙랑언덕에서 사냥하는 행사가 있었는데 온달이 사냥에서 뛰어난 기량을 발휘하여 평원왕을 놀라게 한다.

온달은 후주(後周)와의 전쟁에서도 큰 공을 세워서 사위로 인정받고 대형(大兄)의 벼슬에 오른다. 590년 온달은 임금에게 신라에 빼앗긴 한수 이북의 땅을 회복하겠으니 군사를 달라고 자청하여 신라군과 아단성에서 싸우다 유시(流矢)에 맞아 전사했다. 장례를 지내려는데 관이 땅에서 떨어지지 않으므로 공주가 와서 관을 쓰다듬으며 생사가 이미 정해졌으니 돌아가라 하자 관이 움직여 장사 지냈다 한다.

'온달설화'에 관해서는 역사와 문학분야 등에서 다양한 논의가 있어왔지만 가장 대표적인 것은 우부현녀(愚夫賢女) 주제로 이 이야기를 해석하는 것이다. 즉 현명한 아내가 어리석은 남편을 개발시켜 성공에 이르게 하는 이야기이다. 그런 의미는 가부장제하에서 억눌려 살아가던 여인들에게 대상기능(代償機能)을 담당했으리라고 보는 심리학적인 해석으로까지 발전했다.

그러나 '온달설화'는 동일 유형의 구전설화를 통해서 볼 때 가장 심도 있는 의미파악에 이를 수 있다. 이런 종류의 민담 가운데는 아버지와 다투고 집에서 쫓겨난 딸이 숯구이 총각을 만나서 생금장(生金藏)을 발견해 부자가 되는 이야기들이 있다. '숯구이 총각의 생금장', '내복에 산다' 등의 제목이 붙은 이 구전 민담은 ≪삼국사기≫의 '온달전', ≪삼국유사≫의 '무왕설화' 등과 함께 '쫓겨난 여인 발복(發福)' 설화라는 한 유형으로 묶일 수 있다.

발복설화 유형의 핵심은 부녀의 분리와 전도된 입장에서의 재결합을 통한 통과의례과정과 금(金)이라는 요소이다. 발복설화가 신화적 연원을 가졌으리라고 보는 관점에서 원형을 탐색하면 발복설화의 원형은 경제적인 주도권을 놓고 아버지와 다투고 집을 나온 부신(富神)의 기능을 가진 여인이 자신보다 문화단계가 낮은 남자를, 생금장을 녹이는 야장(冶匠)으로 변모시키면서 획기적인 번영을 이룩한 사실의 반영이며 철기문화와 밀접한 관련을 가지는 문화신화라고 보는 것이다. 야장과 샤먼이 사회의 최고위 신분이던 원형에서 주인공의 금패물로 말을 사서 남편을 장수로 만든다. 이는 공주가 자신보다 세력이 약한 집단의 남자와 결합해서 남편을 군사귀족으로 출세시킨 것으로 풀이할 수 있는데 방대한 영역에 걸쳐 있었던 고구려의 국가체제가 토착세력과의 연계를 필수적으로 요구하고 있었으므로 지방토족과 중앙귀족과의 결합은 자연스러운 일이다.

발복설화는 몽골의 '조홍마(棗紅馬) 이야기', 일본의 '숯구이 고고로 이야기' 등과 같은 유형으로 이 이야기가 우리와 문화적 연관성이 깊은 여러 지역에서 전승되었다는 사실은 그 원형이 문화신화였을 가능성을 더욱 뒷받침해준다.

우렁색시 설화

우렁색시 설화는 가난한 총각이 우렁이 속에서 나온 여자와 혼인했으나 관원이 색시를 빼앗아서 결국 둘이 죽게 되었다는 설화이다.

'라중미부'(螺中美婦), '우렁 속의 미녀', '논고둥', '우렁미인', '조개색시 구혼민담' 등으로도 불린다. 한국 전라도 지방을 중심으로 여러 곳에서 구전되고 있다.

가난한 노총각이 밭에서 일을 하다가 "이 밭을 갈아 누구와 함께 먹고 살꼬?" 하자 어디선가 "나랑 먹고 살지." 하는 소리가 들렸다. 소리 나는 곳을 찾아보니 우렁이가 하나 있을 줄이야…… 총각은 얼른 우렁이를 가져다가 물항아리에 넣어두었다. 그런데 그 뒤부터는 일을 끝내고 집에 돌아오면 사람은 없는데 밥상이 차려져 있었다.

총각은 당연히 이상하게 여겼다. 총각이 하루는 일을 나가는 것처럼 하고 숨어서 살펴보았다. 이때다. 물항아리 속에서 예쁜 여자가 나와 밥을 짓는 것이 아니겠는가! 총각은 밥상을 차려놓고 다시 들어가려는 여자를 붙잡고 같이 살자고 했다. 아직 때가 되지 않았으니 기다려달라는 말에도 총각은 우렁색시를 놓아주지 않았다.

결국 두 사람은 금기를 어기고 함께 살게 되는데 어느 날 우렁색시는 들일을 나갔다가 그녀에게서 발산되는 광채로 인해 관원의 눈에 띄게 된다.

우렁색시는 자기를 데리러 온 관원의 하인에게 반지, 비녀, 옷고름, 겉옷을 차례로 내주면서 이것밖에 없더라고 말해달라고 했다. 그러나 끝내 관원에게 붙잡혀간다. 색시를 빼앗긴 총각은 애가 타서 죽고 우렁색시 역시 따라 죽는다.

죽은 총각과 색시는 새 또는 참빗, 나무 등으로 변하기도 한다. 이것은 '우렁색시 설화' 가운데 가장 널리 알려진 유형의 줄거리이다. 총각과 우렁색시는 관원에 의해 강제로 헤어지며 심한 경우 죽음에 이른다. 이 설화에는 남녀의 만남조차도 쉽게 이룰 수 없었던 하층민의 현실적인 고난이 담겨 있다. 민중의식이 잘 나타나 있는 것도 있는데 '고둥 처녀 덕에 임금 된 조 서방' 같은 설화에서는 임금에게 색시를 뺏긴 총각이 색시의 지혜에 힘입어 색시를 되찾고 임금의 자리까지 차지하게 된다.

　설화의 전반부는 총각과 우렁색시의 만남에 대한 이야기이고 후반부는 관원이 우렁색시를 빼앗아 생긴 파탄에 대한 이야기이다. ‘우렁색시 설화’의 전반부 내용은 우리나라 ≪수신기≫(搜神記)에 실려 있는 ‘백수소녀’(白水素女) 설화와 비슷하나 지방에 따라 여자가 떠나면서 남자를 부자로 만들어놓고 떠난다는 차이가 있다. 후반부의 내용 역시 중국 ≪태평광기≫(太平廣記)에 실려 있는 ‘오감(吳堪)설화’와 비슷하다는 견해가 있다. 그러나 후반부는 특히 전라도와 충남지역에서 전해 내려오는 관탈민녀형(官奪民女型) 설화의 내용과 일치하므로 한국에서 자생(自生)한 것이라고 보는 것이 맞을 듯하다.

　새가 된 총각이 우렁색시를 향해 불렀다는 설화 속의 민요는 설화와 민요의 넘나듦을 보여줘 관계 연구의 자료로 충당된다.

고려장 설화

고려장 설화란 바로 늙은 부모를 산 채로 버리던 나쁜 습속이 없어지게 된 내력에 대한 설화이다.

‘고려장이 없어지게 된 유래’, ‘고려장 없앤 이인(異人) 어머니’, ‘기로전설’(棄老傳說) 등으로도 불린다. 고려장이 없어지게 된 내력은 2가지로 구전되고 있다.

고려 때는 사람이 늙으면 산 채로 버리는 것이 법이었다. 어떤 효자의 아버지(또는 어머니)가 늙어 고려장을 행해야 했다. 그러나 부모를 차마 버릴 수 없었던 아들은 고려장을 했다고 소문을 낸 뒤 부모를 몰래 집 안에 숨겨두고 모셨다.

그러던 어느 날 중국에서 조선에 어려운 문제를 내며 답을 맞춰보라는 요구를 해왔다.

문제로는 비슷하게 생긴 2마리 말의 어미와 새끼 구별하기, 깎아놓은 나무의 아래위를 구별하기, 코끼리의 무게 달기 등이었다. 아무도 문제를 풀지 못하는데 숨어 지내던 효자의 부모가 문제를 풀어 국난을 모면했다. 임금이 상을 주려 하자 효자는 국법을 어기고 몰래 모시고 있던 부모가 답을 알려주었음을 고백하며 고려장을 폐지하자고 하였다. 그 뒤 고려장이 없어졌다고 한다.

이와는 다른 내력의 이야기도 있다.

옛날에는 사람이 늙으면 산 채로 버리는 풍습이 있었다. 어떤 사람이 늙은 아버지를 지게에 져다 버렸다.

그런데 지게를 두고 돌아가려 하자 따라온 어린 아들이 그 지게를 가지고 가려 했다. 이유를 물었더니 자기도 아버지가 늙으면 이 지게에 지고 와서 버려야 하기 때문이라고 했다.

그는 이 말을 듣고 크게 뉘우쳐 늙은 아버지를 다시 집으로 모셔갔으며 그 뒤 고려장이라는 악습이 없어졌다고 한다.

첫 번째 이야기는 불경인 ≪잡보장경≫(雜寶臟經) 기로국조(棄老國條)에 실려 있는 것으로 불경을 통해 불교권의 여러 나라에 전파된 듯하다. 2번째 이야기는 조선의 ≪효자전≫에 있는 '원곡이야기'의 영향을 받은 것으로 동양 여러 나라에서 전승되고 있다.

이 이야기는 노인에 대한 공경과 부모에 대한 효를 강조하는 점에서 효의 윤리를 중요하게 생각하는 우리 사회에 적극적으로 받아들여질 수 있다. 이들 이야기가 '고려장설화'로 변형된 것도 효의 윤리를 강조하는 전승집단의 의식에서 비롯된 것으로 보인다.

고고학계에서는 고려장제도가 조선에서 실재하지 않았던 것으로 연구되고 있으나 이야기에서는 고려 때 실제로 행해졌던 제도인 것처럼 되어 있다. 이것은 '기로국'이 '고려국'으로 기로의 풍습이 고려장이라는 이름으로 굳어지면서 그 제도가 실재한 것처럼 믿어지게 된 것으로 보인다.

즉 고려장제도는 이야기의 전래, 수용과정에서 허구화된 것이다.

선녀와 나무꾼 설화

선녀와 나무꾼 이야기는 한 나무꾼이 사슴(또는 노루, 쥐)을 구해준 대가로 선녀와 결혼했으나 금기를 어겨 결국 파탄에 이르렀다는 설화이다.

'백조소녀 설화', '금강산선녀 설화', '선녀와 수탉이 된 총각', '쥐에게 은혜 베풀어 옥황상제 사위가 된 이야기' 등으로도 부른다. 조선족설화 가운데서 자주 나타나는 이야기이다.

마음씨 착한 나무꾼이 사냥꾼에게 쫓기는 사슴을 숨겨주었다. 사슴은 그에 대한 보답으로 선녀들이 목욕하러 내려오는 연못을 가르쳐주면서 한 선녀의 날개옷을 감춘 다음 그 선녀와 결혼하여 아이를 셋 낳을 때까지 보여주지 말라고 했다.

나무꾼은 날개옷이 없어서 하늘로 올라가지 못하고 있는 선녀를 데려다가 아내로 삼았다. 세월이 지나 그들 사이에서는 두 아이가 태어났다. 선녀는 이제 나무꾼더러 시름을 놓으라 했다. 이에 믿음을 가진 나무꾼은 감춰둔 날개옷을 아내에게 보여주었다.

그러자 아내는 날개옷을 입어보는 체하다가 아이들을 두 팔에 하나씩 안고 하늘로 올라가버린다. 한순간에 처자식을 잃고 넋이 나가 있는 나무꾼 앞에 옛날의 그 사슴이 다시 나타났다. 하늘에서 물을 긷기 위해 두레박을 내려 보내는 날 그것을 타고 올라가면 하늘나라에 있는 처자식을 만날 수 있을 것이라고 일러주었다. 나무꾼은 사슴이 일러준 대로 하여 처자를 다시 만나고 행복하게 살았다.

각 편에 따라서 천상시련(天上試鍊) 삽화가 들어 있는 설화도 있다. 나무꾼은 지상 사람이라 하여 선녀의 가족들에게 냉대를 받는다. 그러나 나무꾼은 천상에서 부과하는 각종 시련을 선녀 또는 쥐의 도움으로 극복하고 잘 살게 된다. 이때 시험은 지상으로 쏜 화살 찾아오기, 인피(人皮) 3장 얻어오기, 쥐꽃[鼠花] 꺾어오기, 고양이 나라에 가서 잃어버린 천상옥새 및 통천관(通天冠: 황제가 조서를 내릴 때나 정사를 돌볼 때 쓰던 관) 찾아오기, 고양이 나라 임금의 베개에 있는 화살 가져오기, 쥐뿔 찾아오기 등과 같이 어렵고 비현실적인 문제들이다.

이 같은 승천상봉형(昇天相逢型) 설화는 수탉유래형 설화와 반반의 비율로 전승되고 있다.

수탉유래형은 승천하여 처자를 상봉한 나무꾼이 지상에 내려왔다가 금기를 어겨서 하늘에 올라가지 못하고 죽어 수탉이 되었다는 내용을 담고 있다. 나무꾼이 지상에 두고 온 어머니를 그리워하자 아내는 용마(龍馬)를 마련해주며 절대로 땅에 발을 대서는 안 된다고 한다. 나무꾼이 지상에 내려오자 어머니는 아들이 좋아했던 죽(호박죽 또는 팥죽)을 끓여준다.

그런데 뜨거운 죽이 잘못하여 말 등에 떨어지면서 용마가 놀라 펄쩍 뛰는 바람에 나무꾼은 그만 땅에 떨어지게 된다. 땅에 발이 닿은 나무꾼을 남겨두고 용마가 승천해 버리자 나무꾼은 하늘만 쳐다보며 슬퍼하다가 죽어 수탉이 되었다고 한다.

선녀와 나무꾼 설화는 세계적으로도 널리 분포되어 있는 유형이다. 이 유형의 설화들은 '백조소녀 설화'(Swan Maiden Tale)로 알려져 있다. 동양에서 전승되고 있는 이 계열의 설화 가운데 몽골, 시베리아의 브리야트족, 하바로프스크, 야쿠트의 에펜족 설화는 선녀와 나무꾼 설화와 비슷하다. 한국, 베트남, 보르네오, 뉴헤브리디스 설화에서는 하늘로 올라가버린 아내를 찾아갔다가 다시 지상으로 내려오는데 일본과 중국 설화에서는 서로 헤어져 있다가 일 년에 한 번 칠월칠석날 만나는 것으로 그려져 있다.

설화의 끝부분에 유래설명담이 들어 있는 것은 한국과 몽골에서만 발견된다.

김현감호 설화

김현감호 설화(金現感虎說話)는 신라 원성왕 때 김현이라는 청년과 호랑이 처녀 사이에 있었던 이야기이다.

≪삼국유사≫ 제7 김현감호조와 '동경잡기', '대동운부군옥' 등에 실려 있으며 ≪보한집≫에도 이와 비슷한 이야기가 있다.

옛날 신라에서는 해마다 2월이 되면 8일부터 15일까지 남녀가 흥륜사에 있는 탑을 돌며 복을 비는 풍속이 있었다. 김현은 탑돌이를 하다가 그의 뒤를 따라 탑을 돌던 한 처녀와 사랑을 나누게 되었다. 처녀가 따라오지 말라고 했는데도 따라갔더니 그곳은 호랑이 굴이었다. 그는 처녀의 오빠인 세 호랑이에게 잡아먹힐 뻔하나 처녀와 그 어머니에 의해 위기를 면한다. 그때 하늘에서 "너희 무리가 생명 해치기를 즐기니 한 놈을 베어 그 악을 징계하겠다."는 소리가 들렸다.

그러자 처녀는 자신이 오빠들을 대신하여 벌을 받겠다면서 김현에게 자신을 죽여 달라고 부탁한다. 김현이 거절하자 처녀는 5가지 이로운 점을 들어 그를 설득했다. 처녀가 호랑이로 변해 성안을 휘젓고 다니자 왕은 호랑이를 잡는 자에게 벼슬을 주겠다고 했다. 김현이 나서서 호랑이를 쫓아가자 숲 속에 들어간 호랑이는 처녀로 변했다. 처녀는 자신의 발톱에 다친 사람은 흥륜사의 장을 바르고 그 절의 나발소리를 들으면 낫는다고 가르쳐주며 김현의 칼로 스스로 목을 찔러 죽었다. 호랑이 처녀 덕에 벼슬을 한 김현은 절을 지어 호원사(虎願寺)라 하고 범망경(梵網經)을 외며 호랑이 처녀의 넋을 달랬다고 한다.

이 설화는 김현의 전기(傳記)이면서 호원사의 사찰연기(寺刹綠起) 설화이기도 하다. 기록에는 김현 자신이 직접 지은 것으로 되어 있으나 김현은 이야기의 주인공이자 가탁(假託)된 작자이며 이야기를 글로 써서 전기를 만든 사람은 따로 있었다고 보는 것이 옳을 듯하다. 당시 호랑이가 많이 날뛰며 사람을 해쳤기 때문에 절을 세워 호환을 막아 달라고 빌고 이런 이야기를 지어낸 것으로 보인다.

콩쥐팥쥐전

콩쥐팥쥐는 조선시대 후기의 작자, 연대 미상의 고대소설이다.

조선시대 중엽 전라북도 전주 근처에 살던 퇴리(退吏) 최만춘(崔滿春)과 그의 부인 조씨(趙氏) 사이에 콩쥐라는 딸이 태어났으나 조 씨는 병을 얻어 죽었다. 이에 최만춘은 과부 배씨(裵氏)를 후처로 맞아들여 그 사이에서 팥쥐라는 딸이 태어났다.

그 후 계모와 팥쥐는 콩쥐를 몹시 학대하여 나무호미로 돌밭매기, 밑 빠진 독에 물 붓기, 베 짜고 곡식 찧기 등의 어려운 일을 시켰으나 그때마다 검은 소, 두꺼비, 직녀선녀, 새 떼 등이 나타나 콩쥐를 도왔다.

또 콩쥐는 시냇가에 빠뜨린 신발이 인연이 되어 감사(監司)와 혼인하게 된다. 이를 시기한 계모와 팥쥐는 흉계를 꾸며 콩쥐를 연못에 빠뜨려 죽이고 팥쥐가 콩쥐 행세를 했으나 다시 사람으로 화한 콩쥐가 감사 앞에 나타나 자초지종을 고했다. 감사가 연못의 물을 퍼내 콩쥐의 시신을 건져내니 콩쥐는 다시 살아났다. 이에 감사는 팥쥐를 처형하여 배 씨에게 보내고 이를 받아본 계모는 기절해 즉사했다.

이 설화는 세계적으로 널리 퍼져 있는 신데렐라형 설화를, 조선을 배경으로 소설화한 것이다. 신데렐라란 동화에 나오는 여주인공이다. 계모와 계모의 딸들에게 구박을 받았는데 궁중 무도회에 참석했다가 그곳에서 잃어버린 유리구두 한 짝이 인연이 되어 왕자와 결혼한다. 하루아침에 고귀한 신분이 되거나 유명하게 된 여자를 비유적으로 이르는 말이다.

콩쥐팥쥐의 전반부는 신데렐라형 설화와 비슷한 줄거리이지만 후반부에는 설화에 없는 허구적인 창작이 가미되었다. 즉 신데렐라형 설화가 대부분 남녀 주인공의 혼인으로 끝나는데 이 소설에는 혼인 후의 사건을 흥미롭게 전개하고 여기에 권선징악(勸善懲惡)의 주제를 부여했다.

삼쾌정

삼쾌정(三快亭)은 작자, 연대 미상의 고전소설이다. 암행어사인 주인공이 충청도, 경상도, 전라도를 돌며 3가지 사건을 해결하는 공안소설(公案小說)이다.

숙종 때 박성수는 서울에 과거를 보러 가던 길에 상제(喪制)인 듯한 여자의 유혹을 받고 이상히 여겨 그 뒤를 캐본다. 그는 그녀가 김 진사의 며느리이며 정부(情夫)와 짜고 남편을 죽인 뒤 남편이 호랑이에게 잡혀간 것처럼 꾸몄다는 것을 알게 된다.

과거에 급제한 다음 이 사건을 밝히리라 생각하고 서울로 올라가는 길에 한 청년을 만나 시를 한 수 들었는데 과거시험에 나온 글의 제목과 운자가 청년이 들려준 시와 같

앗다. 그 덕에 장원으로 뽑히고 삼남(三南)의 암행어사가
된 박성수는 김 진사에게 사실을 밝히고 며느리와 정부를
처형한다.

충청도에서 일을 마친 박 어사는 경상도에서 한 중과 함께
가면서 그가 유부녀를 겁탈하려다 실패했다는 이야기를 듣는
다. 중의 행적이 수상하여 그가 말한 동네에 가보니 유부녀
는 죽었고 그 죄를 시아버지가 뒤집어쓰고 있었다. 박 어사
는 중을 잡아다 처형하고 시아버지의 누명을 벗겨주었다.

1년 만에 경상도의 정사를 마치고 전라도에 가니 이정윤
이라는 백성이 원통한 사연을 고했다. 정윤은 부모의 제삿
날이 가까웠으나 집안 형편이 좋지 않아 제사도 지내지 못
할 지경이었다. 이에 지난날 아버지가 키우고 재산까지 주
어 부자가 된 정순복을 찾아가 도움을 청했다.

그러나 순복이 배은망덕하게도 정윤을 모르는 체하며 돌
아보지 않자 정윤은 박 어사에게 원통함을 호소한 것이다.
박 어사는 꾀를 써서 순복이 자신의 잘못을 실토하게 하고
전 재산을 정윤에게 주도록 했다.

그러나 정윤이 순복의 재산을 거절하고 처음 빌려준 3,000
금만 받겠다고 하자 순복도 뉘우치게 되었다. 부귀영화를 누
리고 벼슬에서 물러난 박 어사는 자신의 일생을 돌이켜보다
가 이 3가지 일을 기념하여 정자를 짓고 '3가지 쾌락한 일'
이라는 뜻에서 '삼쾌정'이라는 현판을 붙였다.

이 작품은 '박문수설화'라 할 수 있는 설화 3편을 모아 소설화한 것으로 박문수전 계열이라고도 할 수 있다.

혹부리영감

혹부리영감은 혹 떼러 갔다 혹 붙인 영감이라고도 하며 또 혹부리영감과 도깨비라고도 하는 설화를 말한다. 한 혹부리영감이 도깨비를 속여서 부자가 되지만 이를 흉내 낸 다른 혹부리영감은 망신만 당했다는 설화이다.

이 설화는 우리 민족의 대표적인 이야기로 널리 전승되고 있다.

줄거리는 다음과 같다.

우연히 도깨비들을 만난 혹부리영감이 위기를 모면하고자 노래를 불렀는데 도깨비들이 어디에서 노래가 나오느냐고 물었다. 영감은 혹에서 나온다고 대답하자 도깨비들은 많은 재물을 주고 혹을 사겠다고 한다. 이 혹부리영감은 혹도 떼고 큰 부자가 되었다.

이 소문을 들은 이웃마을의 다른 혹부리영감도 도깨비들을 찾아가 노래를 하고 노래가 어디서 나오느냐는 물음에 혹에서 난다고 대답한다. 그러나 도깨비들은 두 번 다시 속지 않고 오히려 그에게 혹을 붙여주었기 때문에 그는 망신만 당하게 되었다는 이야기이다.

이야기 속에서 혹부리영감 대신 '김 첨지' 등의 이름이 쓰이기도 하며 혹을 뗀 영감은 가난하면서 착한 인물로 혹을 더 붙인 영감은 부자이면서 인색한 인물로 설정되기도 한다.

이 설화의 기본구조인 모방형식은 '도깨비방망이', '금도끼 은도끼' 등 다른 이야기에서도 나타난다. 이것은 선행자(先行者)의 행운과 모방자의 불운을 보여줌으로써 창조적 행위를 긍정하고 모방행위를 부정하고 있다. 또 설화 속의 도깨비를 어리석음과 초월성을 동시에 지닌 양면적 존재로 그리고 있다.

이 설화는 우리민족의 전설문화로 널리 알려져 있고 민간신앙의 대상인 도깨비가 등장하고 있다는 점에서 우리 고유의 설화라 할 수 있다.

장화홍련전

장화홍련전은 작자, 연대 미상의 고전소설이다.

평안도 철산지방에 실제로 있었던 계모의 흉계에 의한 원사(寃死) 사건을 소설화한 작품이다.

철산 좌수 배무룡에게는 장화와 홍련이라는 딸이 있었는데 부인 장 씨가 일찍 세상을 떠나자 후실로 허 씨를 맞게 된다. 허 씨는 외모도 추했고 마음씨도 고약했는데 3형제를 낳은 뒤 장화와 홍련 자매를 학대하기 시작한다. 장화가 혼인하게 되자 허 씨는 혼수가 아까운 나머지 흉계를 꾸민다. 허 씨는 큰 쥐의 껍질을 벗겨 장화의 이불 속에 넣고 낙태한 것처럼 꾸며 장화가 부정을 저질렀다고 알린다.

배 좌수는 크게 당황하여 허 씨의 흉계대로 허 씨 소생

장쇠로 하여금 장화를 못에 빠뜨려 죽이게 한다. 홍련은 언니의 죽음을 억울하게 여기다 못해 못에 빠져 자살한다. 그날 이후 그 못에서는 계속 울음소리가 났고 그 고을에 부임하는 부사마다 원귀(寃鬼)에 놀라 연달아 죽었다.

이때 정동우라는 사람이 부사를 자원했다. 부임한 첫날 밤 장화, 홍련의 원귀가 나타나 억울함을 풀어줄 것을 호소했다. 부사는 계모 허 씨를 문초하여 모든 것을 밝혀내고 능지처참했다.

배 좌수는 윤 씨를 다시 아내로 맞았는데 꿈속에 장화, 홍련이 나타나 못 다한 부녀의 인연을 다하겠다고 했다. 그 뒤 윤 씨는 쌍둥이 자매를 낳자 그 이름을 각각 장화와 홍련으로 지었다. 이들은 자라서 평양부자 이연호의 쌍둥이 형제에게 시집가서 행복하게 살았다.

이 이야기를 구체적으로 옮기면 아래와 같다.

먼저 네이버 백과사전의 기록을 보자.

평안북도 철산(鐵山) 지방에 전해 오던 설화를 소재로 한 작품으로 계모형(繼母型) 가정비극 소설 중에서 가장 대표적이다. 철산 땅에 사는 좌수(座首) 배무룡(裴武龍)은 늘그막에 장화와 홍련을 두게 되나 부인 장 씨(張氏)가 세상을 떠나 후취로 허 씨(許氏)를 맞아들인다.

허 씨는 용모도 흉악하지만 마음씨마저 간악하여 두 딸을 학대하였다. 이러한 계모의 구박과 모해(謀害)를 견디다 못해 장화는 연못에 투신자살하고 홍련 역시 죽은 언니를 그리다 못해 같은 연못에 빠져 죽는다. 억울하게 죽은 두 자매의 영혼은 원한을 풀고자 새로 부임한 부사를 찾아가나 부임하는 부사마다 겁에 질려 죽고 만다.

그러던 중 담이 큰 정동우(鄭東祐)가 자원하여 철원부사로 부임한다. 그는 이들 망령들의 이야기를 자세히 듣고 계모를 처형한 뒤 연못에서 두 자매의 시체를 건져내어 무덤을 만들어준다. 그 뒤 배 좌수는 다시 장가들어 두 딸의 현신인 쌍동녀를 낳는다. 이들은 자라서 평양의 거부 이연호(李連浩)의 쌍둥이 윤필, 윤석과 결혼하여 행복하게 살게 된다.

신활판본으로 50면의 세창서관(世昌書館: 1915)판, 50면의 동명서관(東明書館: 15)판, 40면의 박문서관(博文書館: 17)판이 있고 판각본으로 36면의 경판본(京板本)도 전한다.

장화홍련전(薔花紅蓮傳) 전문(全文)을 다시 옮겨놓는다.

세종대왕 시절에 평안도 철산군에 한 사람이 있었는데 성은 배씨요, 이름은 무룡이었다. 그는 본디 향반(鄕班)으로 좌수(座首)를 지냈을 정도로 성품(性品)이 매우 순후(淳厚)하고 가산(家産)이 넉넉하여 부러울 것이 없었지만 다만 슬하(膝下)에 일점혈육(血肉)이 없으므로 부부(夫婦)는 매양 슬퍼하였다.

그러던 어느 날, 부인 장 씨가 몸이 곤하여 침상(寢牀)을 의지하고 조는 동안, 문득 한 선관(仙官)이 하늘에서 내려와 꽃 한 송이를 주기에 부인이 받으려 할 때다. 홀연 회오리바람이 일며 그 꽃이 변하여 한 선녀(仙女)가 되어 완연히 부인의 품속으로 들어오는 것이 아니겠는가! 부인이 놀라 깨여 보니 남가일몽(南柯一夢)이었다.

부인이 좌수를 향하여 꿈 이야기를 하며 괴이하게 여겼다. 좌수가 이 말을 듣고

"우리의 무자(無子)함을 하늘이 불쌍히 여기사 귀자(貴子)를 점지하심이오." 하며 서로 기뻐하였다.

과연 그날부터 태기(胎氣)가 있어 십 삭(朔)이 차매 하루는 밤중에 향기가 진동하더니 순산하여 옥녀(玉女)를 낳았다. 아기의 용모와 기질이 특이하여 좌수 부부는 크게 사랑하며 이름을 장화라 짓고 장중보옥(寶玉)같이 길렀다.

장화가 두어 살이 되면서 장 씨 또다시 태기가 있었다. 좌수 부부는 주야로 아들 낳기를 바랐으나 역시 딸을 낳았다. 마음에는 서운하나 할 수 없이 이름을 홍련이라 하였다. 장화와 홍련 자매가 점점 자라가며 얼굴이 화려(華麗)하고 기질이 기묘할뿐더러 효행(孝行)이 뛰어나니 좌수 부부는 형제의 자라남을 보고 사랑함이 비길 데 없었다. 그러나 너무 숙성함을 매우 염려하였다.

그러던 가운데 한편 시운(時運)이 불행하여 장 씨는 홀연히 병을 얻어 자리에 눕게 되었다.

좌수와 장화가 정성을 다하여 주야(晝夜)로 약을 썼지만 증세가 날로 위중할 뿐이요 백약이 무효였었다. 장화는 초조하여 하늘에 축수(祝手)하며 모친이 회춘(回春)하기를 바랐지만 이때 장 씨는 자기의 병이 낫지 못하리라 짐작하고 나어린 두 딸의 손을 잡고 좌수를 청(請)하여 슬퍼하며

"첩이 전생에 죄가 많아 이 세상에 오래 살지 못할 것 같습니다. 죽는 것은 슬프지 않지만 장화 자매를 기를 사람이 없사오니 지하(地下)에 갈지라도 눈을 감지 못할 만큼 슬프니 이제 골수에 맺힌 한을 가슴에 품고 죽으려 합니다. 외로운 혼백(魂魄)이 바라는 바는 다름이 아니오라 첩이 죽은 후에 다른 여인을 취하실진대 낭군의 마음이 자연 변하기 쉬울 것이니 그것을 두려워합니다. 바라건대 낭군은 첩의 유언(遺言)을 저버리지 마시고 지난날의 정의를 생각하시고 이 두 딸을 불쌍히 여겨 장성한 후에 좋은 가문에 배필(配匹)을 얻어 봉황(鳳凰)의 짝을 지어 주신다면 첩이 비록 어두운 저승 속에서라도 낭군의 은택(恩澤)을 감축하여 결초보은(結草報恩)하겠습니다."

하고 길이 탄식한 후 이내 숨을 거두었다. 장화는 동생을 안고 하늘을 우러러 통곡하니 그 가련한 정경은, 보는 사람으로 하여금 철석간장이 녹아내리는 듯하였다.

그럭저럭 장삿날이 다다라 선산에 안장하고 장화는 효심을 다하여 조석으로 상식을 받들며 주야로 과상하였다. 세

월이 여류(如流)하여 어느덧 삼상(三喪)이 지나갔다. 그러나 장화 형제의 망극함은 더욱 새로웠다.

이때 좌수는 비록 망처의 유언을 생각하였지만 후사를 안 돌아볼 수도 없어서 이에 혼처를 두루 구하였으나 원하는 여인이 없으므로 부득이 허 씨라는 여인에게 장가를 들었다.

허 씨의 용모를 말하자면 두 볼은 한 자가 넘고 눈은 퉁방울 같고 코는 질병 같고 입은 메기 같고 머리털은 돼지털 같고 키는 장승만 하고 소리는 이리 소리 같고 허리는 두 아름이나 되는 것이 게다가 곰배팔이요 수종다리에 쌍언청이를 겸하였고 그 주둥이를 썰어 내면 열 사발은 되고 얽기는 콩멍석 같으니 그 형상은 차마 바로 보기 어려운데다가 그 심지가 더욱 불량하여 남이 못 할 노릇만을 골라 가며 행하니 집에 두기가 단 한시인들 난감하였다.

그래도 그것이 계집이라고 그달부터 태기가 있어 연달아 아들 삼 형제(兄弟)를 낳았다. 좌수는 그로 말미암아 어찌 할 바를 모르니 매양 딸과 더불어 죽은 장 씨 부인을 생각하며 잠시라도 두 딸을 못 보면 삼추(三秋)같이 여기고 돌아오면 먼저 딸의 침실로 들어가 손을 잡고 눈물을 흘리며

"너희 자매들이 깊이 규중에 있으면서 어미 그리워함을 늙은 아비도 매양 슬퍼한다."

하며 가련히 여기는 것이었다. 허 씨는 그럴수록 시기하

는 마음이 대발(大發)하여 장화와 홍련을 모해(謀害)하고자
꾀를 생각하였다. 이에 좌수는 허 씨의 시기함을 짐작하고
허 씨를 불러 크게 꾸짖었다.

"우리는 본래 가난하게 지내다가 전처의 재물이 많아 지
금 풍부히 살고 있소. 그대의 먹는 것이 다 전처의 재물이
니 그 은혜를 생각하면 크게 감동해야 마땅한데 저 어린것
들을 심히 괴롭게 하니 다시는 그러지 마오."

하고 조용히 타일렀지만 시랑 같은 그 마음이 어찌 뉘우
치겠는가! 그 후로는 더욱 불측(不測)하여 두 자매를 죽일
뜻을 주야(晝夜)로 생각하였다.

하루는 좌수가 내당으로 들어와 딸의 방에 앉으며 두 딸
을 살펴보니 딸 자매가 서로 손을 잡고 슬픔을 머금고 눈
물로 옷깃을 적시기에 좌수가 이것을 보고 매우 측은히 여
겨 탄식하며

"이는 반드시 죽은 어미를 생각하고 슬퍼함이로다!"

하고 역시 눈물을 흘렸다.

"너희들이 이렇게 장성하였으니 너희 모친(母親)이 살아
있었다면 오죽이나 기쁘겠느냐?! 그러나 팔자가 기구하여
허 씨 같은 계모를 만나 구박이 자심하니 너희들의 슬퍼함
을 짐작하겠다. 이후에 이런 연고가 또 있으면 내가 처치하
여 너희 마음을 편안케 하리라."

하고 나왔다. 이때 흉녀 허 씨가 창틈으로 이 광경을 엿

보고 더욱 분노하여 흉계를 생각하다가 문득 깨닫고 제 자식 장쇠를 불러 큰 쥐 한 마리를 잡아오게 하였다. 그러고는 그것을 껍질을 벗기고 피를 발라 낙태(落胎)한 형상을 만들어 장화가 자는 방에 들어가 이불 밑에 넣고 나왔다. 좌수가 들어오기를 기다려 이것을 보이려고 하였는데 마침 좌수가 외당에서 들어왔다. 허 씨가 좌수를 보고 정색하며 혀를 차는지라 괴이하게 여긴 좌수가 그 연고를 물었다.

"집안에 불측한 변이 있으나 낭군은 필시 첩의 모해라 하실 듯하기에 처음에는 발설치 못하였습니다. 낭군은 친어버이라 나오면 이르고 들어가면 반기는 정을 자식들이 전혀 모르고 부정한 일이 많으나 내 또한 친어미가 아니므로 짐작만 하고 있었는데 오늘은 늦도록 기동치 아니하기에 몸이 불편하다고 하여 들어가 보니 과연 낙태를 하고 누웠다가 첩을 보고 미처 수습지 못하여 쩔쩔매는 것이었습니다. 그래서 첩의 마음에 놀라움이 컸지만 저와 나만 알고 있거니와 우리는 대대로 양반(兩班)이라 이런 일이 누설(漏泄)되면 무슨 면목으로 세상을 살아가겠습니까."

좌수는 크게 놀라 이에 부인의 손을 이끌고 여아의 방으로 들어가 이불을 들추어 보았다. 이때 장화 자매는 잠이 깊이 들어 있었으니 허 씨가 그 피 묻은 쥐를 가지고 날뛰었다. 용렬한 좌수는 그 흉계를 모르고 놀라며

"이 일을 장차 어찌하리오!"

하며 고심하였다. 이때 흉녀가 하는 말이

"이 일이 매우 중난하니 남이 모르게 죽여 흔적을 없이 하면 남은 이런 줄은 모르고 첩이 심하여 애매한 전실 자식을 모해하여 죽였다고 할 것이요, 남이 알면 부끄러움을 면치 못할 것이니 차라리 첩이 먼저 죽어 모르는 게 나을까 합니다!"

하고 거짓 자결하는 체하니 저 미련한 좌수는 그 흉계를 모르고 급히 달려들어 붙들고 빌면서

"그대의 진중한 덕은 내 이미 아는 바이니 빨리 방법을 가르치면 저 아이를 처치하겠소!"

하며 울거늘 흉녀는 이 말을 듣고

"이제는 원을 이룰 때가 왔다! ……."

하고 마음에 기꺼워하면서도 겉으론 탄식하여 하는 말이

"내 죽어 모르고자 하였더니 낭군이 이토록 과념하시니 부득이 참거니와 저 아이를 죽이지 아니하면 장차 문호에 화를 면치 못할 것입니다. 기세양난(其勢兩難)이니 빨리 처치하여 이 일이 드러나지 않게 하십시오."

하였다. 좌수는 망처의 유언을 생각하고 망극하나 일변 분노하여 처치할 묘책을 의론하니 흉녀는 기뻐하며

"장화를 불러 거짓말로 속여 저희 외삼촌댁에 다녀오게 하고 장쇠를 시켜 같이 가다가 뒤 연못에 밀쳐 넣어 죽이는 것이 상책일까 합니다."

좌수가 듣고 옳게 여겨 장쇠를 불러 이리이리하라고 계교를 가르쳐 주었다.

이때 두 소저는 죽은 어머니를 생각하고 슬픔을 금치 못하다가 잠이 깊이 들었으니 어찌 흉녀의 이런 불측함을 알 수 있었을까? 장화가 잠을 깨여 심신(心身)이 울적하므로 괴이하게 여겨 다시 잠을 이루지 못하고 일어나 앉아 있는데 부친이 부르시기에 깜짝 놀라서 즉시 나아가니 좌수가 말하기를

"너희 외삼촌 집이 여기서 멀지 않으니 잠시 다녀오느라"

하였다. 장화는 너무나 이외의 명을 들었으므로 일변 놀랍고 일변 슬퍼 눈물을 머금고 말씀드렸다.

"소녀 오늘까지 문 밖을 나가 본 일이 없었는데 부친(父親)은 어찌하여 이 깊은 밤에 알지 못하는 길을 가라 하십니까?"

좌수가 대노하여 꾸짖으며

"장쇠를 데리고 가라 하였거늘 무슨 잔말을 하여 아비의 명을 거역하느냐?"

하므로 장화 이 말을 듣고 방성대곡하여

"부친께서 죽어라 하신들 어찌 분부를 거역하겠습니까마는 밤이 깊었기로 어린 생각에 사정을 아뢸 따름입니다. 분부 이러하시니 황송하지만 다만 부탁이오니 밤이나 새거든 가게 해 주십시오!"

하였더니 좌수 비록 용렬하나 자식의 정에 끌려 망설이므로 흉녀 이렇듯 수작함을 듣고 갑자기 문을 발길로 박차며 꾸짖어 말하였다.

"너는 어버이 명을 순수히 따라야 마땅하거늘 무슨 말을 하여 부명(父命)을 어기느냐?!"

하고 호령하니 장화는 이에 더욱 서러우나 할 수 없이 울며

"아버님 분부가 이러하시니 다시 여쭐 말씀이 없습니다. 분부대로 하겠습니다!"

하고 침실로 들어가 홍련을 불러 손을 잡고 울면서

"부친의 뜻을 알지 못하거니와 무슨 연고(緣故)가 있는지 이 밤중에 외가에 다녀오라 하시니 마지못해 가긴 가지만 이 길이 아무래도 불길하구나. 다만 슬픈 마음은 우리 자매가 모친을 여의고 서로 의지하여 세월(歲月)을 보내되 한시라도 떠남이 없이 지내더니 천만뜻밖에 이 일을 당하여 너를 적적한 빈방에 혼자 두고 갈 일을 생각하면 가슴이 터지고 간장이 타는 내 심사는 청천일장지로다 다 기록지 못할 것이다. 아무쪼록 잘 있어라. 내 가는 길이 좋지 못할 듯하나 되도록 조심할 것이니 그사이 그리움이 있을지라도 참고 기다려라. 옷이나 갈아입고 가야겠다."

하고 옷을 갈아입은 후 장화는 다시 손을 잡고 울며 아우에게 경계하여

“너는 부친과 계모를 극진히 섬겨 잘못함이 없게 하고 내가 돌아오기를 기다리면 내 가서 오랫동안 있지 않고 수삼 일에 다녀오겠다. 그동안 그리워 어찌하여 너를 두고 가는 마음 측량할 길 없으니 너는 슬퍼 말고 부디 잘 있어라!”

말을 마치고 대성통곡(大聲痛哭)하며 손을 붙잡고 서로 헤어지지 못하니 슬프다! 생시에 그지없이 사랑하던 그 모친은 어찌 이런 때를 당하여 저 자매의 형상을 굽어 살피지 못하는가?!

이때 흉녀 밖에서 장화의 이렇듯 함을 듣고는 들어와 시랑 같은 소리를 지르며 말하였다.

“네 어찌 이렇게 요란히 구느냐?”

하고 장쇠를 불러

“네 누이를 데리고 속히 외가에 다녀오라 하였거늘 그저 있으니 어쩐 일이냐?”

그러자 돼지 같은 장쇠는 바로 염라대왕의 분부나 받은 듯이 소리를 벼락같이 질러 어깨춤을 추고 삼간마루를 종횡무진 헤집고 다니며

“누님은 빨리 나와요. 부명을 거역하여 공연히 나만 꾸지람 듣게 하니 이 아니 원통하오!”

하며 재촉이 성화같으므로 장화는 어쩔 수 없이 홍련의 손을 떨치고 나오려 하였다. 이때 홍련이 언니의 옷자락을 잡고 울면서

"우리 형제 잠시도 떨어지지 않았었거늘 갑자기 오늘은 나를 버리고 어디를 가려고 합니까?"

하며 쫓아 나오니 장화는 홍련의 형상을 보며 간장(肝腸)이 마디마디 끊어지는 듯하지만 홍련을 달래며

"내 잠시 다녀오겠으니 울지 말고 잘 있어라."

하며 설움에 잠겨 말끝을 맺지 못하니 노복들도 이 광경을 보고 눈물 아니 흘리는 자가 없었다. 홍련이 언니의 치마폭을 잡고 놓지 않거늘 흉녀가 들이닥쳐 홍련의 손을 뿌리치며

"네 형이 외가(外家)에 가는데 네 어찌 이처럼 요망스럽게 구느냐?"

하며 꾸짖으므로 홍련은 맥없이 물러섰다. 흉녀가 장쇠에게 넌지시 눈짓하니 장쇠의 재촉이 성화같았다. 장화는 마지못해 홍련을 이별하고 부친께 하직하고 말에 올라 통곡하며 가는 것이었다.

장쇠가 말을 급히 몰아 산골짜기로 들어가 한 곳에 다다르니 산은 첩첩(疊疊) 천봉(千峰)이요 물은 잔잔 백곡인지라 초목이 무성하고 송백이 자욱하여 인적(人跡)이 적막한데 달빛만 휘영청 밝고 구슬픈 두견 소리 일촌간장을 다 끊어놓는다. 장화가 굽어보니 송림 가운데 한 못이 있는데 크기가 사십여 리요 그 깊이는 알지 못할 정도였다. 한 번 보니 정신이 아득하고 물소리만 처량한데 장쇠 말을 잡고

장화를 내리라 하니 장화는 깜짝 놀라며 큰 소리로 장쇠를 나무랐다.

"이곳에 내리라 함은 어쩐 일이냐?"

하니 장쇠가 대답하길

"누이의 죄를 알 것이니 어찌 물으오? 그대를 외가에 가라 함은 정말이 아니라 그대 실행(失行)함이 많으되 계모 착하신 고로 모르는 체하시더니 이미 낙태(落胎)한 일이 나타났으므로 나를 시켜 남이 모르게 이 못에 넣고 오라 하기에 이곳에 왔으니 속히 물에 들어가오!"

하며 잡아 내리는 것이었다. 장화가 이 말을 들으니 청천벽력(靑天霹靂)이 내리는 듯 넋을 잃고 소리를 지르며

"하늘도 야속하오, 이 일이 웬일이요? 무슨 일로 장화를 내시고 또 천고에 없는 누명을 씌워 이 깊은 못에 빠져 죽어 속절없이 원혼이 되게 하시는고? 하늘이여 굽어 살피소서. 장화는 세상에 난 후로 문 밖을 모르거늘 오늘날 애매한 누명을 쓰오니 전생에 죄악이 그렇게 중하던가, 우리 모친은 어찌 세상을 버리시고 슬픈 인생을 남겼던고 간악한 사람의 모해(謀害)를 입어 단불에 나비 죽듯 죽는 것은 슬프지 않지만 원통(寃痛)한 이 누명을 어느 시절에 씻으며 외로운 저 동생은 장차 어찌될 것인가?"

하고 통곡(痛哭)하며 기절하니 그 정상은 목석간장이라도 서러워하련만 저 불측하고 무정한 장쇠 놈은 서서 다만 재

촉할 뿐이었다.

"이 적막한 산중에 밤이 이미 깊었는데 아무래도 죽을 인생 발악해야 무엇 하나? 어서 바삐 물에 들라!"

하니 장화 정신을 진정하고

"나의 망극한 정지를 들으라. 너와 나는 비록 이복이나 아비 골육은 한가지라 전에 우리를 우애하던 정을 생각하여 영영 황천으로 돌아가는 목숨을 가련히 여겨 잠시 말미를 주면 삼촌 집에도 가고 망모의 묘에 하직이나 하고 외로운 홍련을 부탁하여 위로하고자 하니 이는 내 목숨을 보존코자 함이 아니라 변명하면 계모의 시기가 있을 것이요, 살고자 하면 부명을 거역하는 것이니 일정한 명대로 하려니와 바라건대 잠시 말미를 주면 다녀와 죽음을 청하겠다!"

하며 비는 소리 애원이 처절하나 목석같은 장쇠 놈은 조금도 측은한 빛이 없이 마침내 듣지 않고 재촉이 성화같았다. 장화는 더욱 망극하여 하늘을 우러러 통곡하며

"명천(明天)은 이 억울한 사정을 살피소서. 이 몸 팔자 기박하여 칠 세에 어미를 여의고 자매 서로 의지하여 서산에 지는 해와 동녘에 돋는 달을 대할 때면 간장이 슬퍼지고 후원에 피는 꽃과 섬돌에 나는 풀을 볼 적이면 비감하여 눈물이 비 오듯 지내왔는데 십년 후 계모를 얻으니 성품이 불측하여 구박이 자심하온지라 서러운 슬픈 마음을 이기지 못하오나 밝으면 부친을 따르고 해가 지면 망모를

생각하며 자매 서로 손을 잡고 기나긴 여름날과 적막한 가을밤을 장우탄탄으로 살아왔었는데 궁흉극악한 계모의 독수를 벗어나지 못하옵고 오늘날 물에 빠져 죽사오니 이 장화의 천만 애매함을 천지, 일월, 성신이든 바로잡아 주소서. 홍련의 일생을 어여삐 여기셔서 저 같은 인생(人生)을 본받게 하지 마옵소서!"

하고 장쇠를 돌아보며

"나는 이미 누명을 쓰고 죽거니와 저 외로운 홍련을 어여삐 여겨 잘 인도하여 부모에게 호도하고 길이 무량함을 바란다."

하며 왼손으로 치마를 걷어잡고 오른손으로 월귀탄을 벗어 들고 신발을 벗어 못가에 놓고 발을 구르며 눈물을 비 오듯 흘리고 오던 길을 향하여 실성통곡하며

"불쌍하구나, 홍련아. 적막한 깊은 규중에 너 홀로 남았으니 가없은 네 인생이 누구를 의지하고 살아간단 말이냐. 너를 두고 죽는 나는 애간장이 다 녹는다!"

말을 마치고 만경창파(萬頃蒼波)에 나는 듯이 뛰어드니 참으로 애달프도다. 갑자기 물결이 하늘에 닿으며 찬바람이 일어나고 월광이 무색한데 산중으로부터 큰 범이 내달아 꾸짖기를

"네 어미 무도하게 애매한 자식을 모해하여 죽이니 어찌 하늘이 무심하겠느냐?"

하며 달려들어 장쇠 놈의 두 귀와 한 팔, 한 다리를 떼어먹고 온데간데없이 사라졌다. 장쇠 놈이 기절하여 땅에 거꾸러지니 장화가 탔던 말이 크게 놀라 집으로 돌아왔다.

흉녀는 장쇠를 보내고 밤이 깊도록 아니 오므로 매우 이상히 여기는데 갑자기 장화가 타고 간 말이 소리를 지르고 달려오기에 흉녀 생각하기를 장화를 죽이고 온 줄 알고 내다본즉 말은 온몸에 땀을 흘리고 들어오는데 사람은 없는지라 흉녀는 크게 놀라 이에 노복을 불러 불을 밝히고 말 오던 자취를 더듬어 찾아가게 하였다.

이윽고 한 곳에 다다라 보니 장쇠가 거꾸러졌기에 놀라 자세히 살펴보니 한 팔, 한 다리와 두 귀가 없고 피를 흘리며 인사불성(人事不省)이라 모두가 놀라 어찌할 바를 몰랐다. 그때 문득 향내가 진동하며 찬바람이 소슬하므로 괴이하게 여겨 사방을 두루 살펴보니 향내가 못 가운데서 나는 것이었다.

노복이 장쇠를 구하여 오니 그 어미 놀라 즉시 약을 먹이고 상한 곳을 동여 주니 장쇠 비로소 정신을 차렸다. 흉녀가 크게 기꺼워하며 그 사연을 물은즉 장쇠는 전후사연을 다 말하였다. 그 말을 들은 흉녀는 더욱 원망하며 홍련을 마저 죽이려고 주야로 생각하였다.

그러던 중 홍련이 또한 집안일을 전혀 모르다가 집안이 소란함을 보고 괴이하게 여겨 계모에게 그 연고를 물으니

"장쇠는 요괴로운 네 형을 데리고 가다가 길에서 범을 만나 물려서 병이 중하다!"

하기에 홍련이 다시 사연을 물은즉 흉녀는 눈을 흘기며

"네 무슨 요사스런 말을 이토록 하느냐?"

하고 자리를 떨치고 일어나므로 홍련이 이렇듯 박대함을 보고 가슴이 터지는 듯하며 일신이 떨려 제 방으로 돌아와 형을 부르며 통곡하다가 홀연 잠이 들었다.

비몽사몽(非夢似夢)간에 물속에서 장화가 황룡을 타고 북해로 향하거늘 홍련이 내달아 물으려 하니 장화는 본 체도 안 하는 것이었다.

홍련이 울며

"형님은 어찌 나를 본 체도 안 하시고 혼자 어디로 가십니까?"

하니 그제야 장화가 눈물을 뿌리며

"이제는 내 몸이 길이 달라서 내 옥황상제께 명을 받아 삼신산으로 약을 캐러 가는데 길이 바쁘기로 정회를 베풀지 못하지만 너는 나를 무정타고 여기지 마라. 내 장차 때를 보아 너를 데려가마."

하며 수작할 즈음에 장화가 탄 용이 소리를 지르거늘 홍련이 깨달으니 침상일몽이었다.

기운이 서늘하고 땀이 나서 정신이 아득한지라 홍련은 이에 부친께 이 사연을 말씀하며 통곡하여 하는 말이

"오늘을 당하여 소녀의 마음이 무엇을 잃은 듯하여 자연히 슬프오니 형이 이번에 가서 필경 무슨 연고가 있어 사람의 해를 입었나 봅니다!"

하고 실성통곡하였다. 좌수가 여아의 말을 들어 보니 숨통이 막혀 한 마디 말도 못 하고 다만 눈물만 흘리는 것이었다. 흉녀가 곁에 있다가 왈칵 성을 내며

"어린아이가 무슨 말을 해서 어른의 마음을 이다지도 슬프게 이렇듯 상심(傷心)케 하느냐?!"

하며 등을 밀어내기에 홍련이 울며 나와 생각하기를

"내 꿈 이야기를 여쭈니 부친은 슬퍼하시며 아무 말도 못 하시고 계모는 낯빛을 바꾸니 이렇듯 구박하니 이는 반드시 이 가운데 무슨 연고가 있다."

하며 그 허실을 몰라 애쓰고 있었다.

하루는 흉녀가 나가고 없기에 장쇠를 불러 달래며 언니의 행방을 탐문하였더니 장쇠는 감히 속이지 못하여 장화의 전후사연을 거짓 없이 말하였다. 그제야 언니가 애매하게 죽은 사실을 알고 깜짝 놀라 기절하였다가 겨우 정신을 차려 형을 부르며

"가련할사 형님이여! 불측할사 흉녀로다! 자상한 우리 형님, 이팔청춘 꽃다운 시절에 망측한 누명 몸에 쓰고 창파에 몸을 던져 천추원혼 되었으니 뼈에 새긴 이 원한을 어찌하여 풀어볼까, 참혹하다 우리 형님, 가련한 이 동생을 적막한

공방에 외로이 남겨 두고 어디 가서 안 오시나? 구천에 돌아간들 이 동생이 그리워서 피눈물 지으실 제 구곡간장이 다 녹았을 것이로다. 고금에 이르도록 이런 억울하고 원통한 일이 또 어디 있으리요. 하늘이시여 살피시옵소서. 소녀 3세에 어미를 잃고 언니를 의지하여 지내 왔는데 이 몸의 죄가 많아 모진 목숨이 외로이 남았다가 이런 변을 또 당하니 언니와 같이 더러운 꼴 보지 말고 차라리 이 내 몸이 일찍 죽어 외로운 혼백이라도 언니를 따라갈까 하나이다!”

말을 마치니 눈물은 비 오듯 하며 정신이 아득한지라 아무리 형의 죽은 곳을 찾아가고자 하나 규중처녀의 몸으로 문 밖 길을 모르니 어찌 그곳을 찾으랴? 침식을 전폐하고 밤낮을 한탄할 뿐이었다.

하루는 청조 한 마리가 날아와서 백화가 만발한 사이를 오락가락하기에 홍련이 심중에 헤아리기를

“내 형님의 죽은 곳을 몰라 주야로 궁금하여 한이 되는데 저 청조 비록 미물이나마 저렇듯 왕래하니 필경 나를 데려가려 왔나 보다.”

하며 슬픈 정회를 진정치 못하여 좌불안석(坐不安席)하였다. 그러다가 문득 보니 청조는 간 곳이 없거늘 서운한 마음이 비할 데 없었다.

날이 다시 밝으매 홍련이 또 청조가 오기를 기다렸으나 끝내 오지 않아 슬픔을 이기지 못하여 창을 의지하고 생각

하기를

"이제는 청조가 오지 않아도 언니 죽은 곳을 찾아가려니와 이 일을 부친께 말씀하면 못 가게 하실 테니 이 사연을 기록하여 두고 가야 하겠다."

하고 즉시 지필을 내여 유서를 썼다.

"슬프다, 일찍이 모친을 여의고 형제가 서로 의지하여 세월을 보냈더니 천만뜻밖에 형이 사람의 불측한 모해를 입어 죄 없이 몹쓸 누명을 쓰고 마침내 원혼이 되니 어찌 슬프지 않으며 원통하지 않겠습니까? 홍련은 부친 슬하에 이미 십여 년을 모셨다가 오늘날 가련한 형을 쫓아가매 지금 이 후로는 부친의 용모를 다시 뵙지 못하고 음성조차 들을 길이 없습니다. 이런 일을 생각하면 눈물이 앞을 가려 가슴이 메는지라 바라건대 부친은 불초 여식을 생각지 마시고 만수무강하십시오!"

이때는 오경이라 월색이 만정하고 청풍이 소슬하였는데 문득 청조가 날아와 나무에 앉으며 홍련을 보고 반기는 듯 지저귀는 것이었다. 그것을 보며 홍련이 이르기를

"네 비록 날짐승이나 우리 형님 계신 곳을 가르쳐 주려 왔느냐?"

그 청조가 듣고 응하는 듯해서 홍련이 다시 말하기를

"네 만일 나를 가르쳐주려 왔거든 길을 인도하면 너를 따라가겠다!"

하니 청조는 고개를 조아리며 응하는 듯하기에 홍련이 말하기를

"그러하면 네 잠시 머물러 있어라. 함께 가자!"

하고 유서를 벽상에 붙이고 방문을 나오며 일장통곡하여 말하기를

"가련하다, 내 신세여! 이 집을 나가면 언제 다시 이 문전을 보겠는가!"

하며 청조를 따라갔다.

몇 리를 못 가서 동방이 밝아오므로 점점 나아가매 청산은 중중하고 장송은 울울한데 백조는 슬피 울어 사람의 심회를 돋우었다.

청조가 한 못가에서 주저하기에 홍련이 좌우를 살펴보니 물 위에 오색구름이 자욱한 속에서 슬픈 울음소리가 나며 홍련을 불러 이르는 말이

"너는 무슨 죄로 천금같이 귀중한 목숨을 속절없이 이곳에다 버리려고 하느냐. 사람이 한 번 죽으면 다시 살지 못하나니 가련하다 홍련아, 세상일은 헤아리기 힘드니 이런 일일랑 다시 생각지 말고 어서 돌아가 부모님께 효도하고 성현 군자를 만나 아들딸 고루 낳아 기르며 돌아가신 어머님 혼령을 위로하여라."

하는 것이었다. 홍련은 이것이 형의 소리임을 알아듣고 급히 소리 질러 말하기를

"형님은 전생에 무슨 죄로 나를 두고 이곳에 와 외로이 있습니까? 내 형님을 버리고 혼자 살 길이 없으니 한가지로 돌아다니고자 합니다!"

하고 또 들으니 공중에서 울음소리가 그치지 아니하고 슬피 울기에 홍련이 더욱 서러워 정신을 차리지 못하다가 겨우 진정하여 하늘에 절하며 축수하여 비는 말이

"비나이다 비나이다. 빙옥같이 맑은 우리 형님 천추에 몹쓸 누명 설원하여 주십시오. 천지신명은 이 홍련의 억울하고 원통한 한을 밝게 굽어 살피십시오."

하고 방성대곡 슬피 울 때에 공중에서 홍련을 부르는 소리에 더욱 비감하여 오른손으로 치마를 휘어잡고 나는 듯이 물속으로 뛰어드니 슬프고도 애달프다. 일광이 무색하고 그 후로는 물 위에 안개 자욱한 속으로 슬피 우는 소리가 주야로 연속하여 계모의 모해로 애매하게 죽은 죽음을 자세히 뇌이니 이는 원근(遠近) 사람이 다 알게 하기 위해서였다.

장화 형제의 애원한 한이 구천에 사무쳐 매양 설원코자 하매 아문에 들어가 지원극통한 원정을 아뢰려 하면 철산 부사가 매양 놀라 기절하여 죽어갔다.

이렇듯이 철산 부사로 오는 사람은 도임한 이튿날이면 죽으므로 그 후로는 부사로 오는 사람이 없어 철산군은 자연 폐읍이 되었고 해마다 흉년이 들어 사람이 아사지경에 이르

니 백성들이 사방으로 헤어져 한 고을이 텅 비게 되었다.

이러한 사연으로 여러 번 장계를 올리니 임금이 크게 근심하여 조정에서는 의논이 분분하였다.

하루는 정동호라 하는 사람이 부사로 가기를 자원하였다. 이는 성품이 강직하고 체모가 정중한 사람이라 임금이 들으시고 인견(引見)하여 분부를 내리시기를

"철산읍에 이상한 변이 있어 폐읍이 되었다 하므로 염려하던 중 경이 이제 자원하니 심히 다행하고 아름다우나 또한 근심이 되니 십분 조심하여 인민을 잘 안돈(安頓)하라!"

하시고 철산 부사를 제수하시나 부사 사은하고 물러나와 즉시 도임하여 이방을 불러 말하기를

"내 들으니 네 고을에 관장이 도임한 후면 즉시 죽는다 하니 과연 옳으냐?"

이방이 대답하여 여쭈기를

"아뢰옵기 황송하오나 오륙 년 이래로 등내마다 밤마다 비몽사몽간(非夢似夢間)에 꿈에 깨닫지 못하고 죽으니 그 연고를 알지 못하겠나이다!"

하므로 부사는 듣기를 다 하고 분부하기를

"너희들은 밤에 불을 끄고 잠을 자지 말며 고요히 동정을 살피라!"

하니 이방이 청령하고 나아갔다.

이리하여 부사는 객사에 가서 등촉을 밝히고 ≪주역≫을

읽는데 밤이 깊은 후에 홀연히 찬바람이 일어나며 정신이 아득하여 어찌할 바를 모르는데 난데없는 한 미인이 녹의홍상(綠衣紅裳)으로 완연히 들어와 절하는 것이었다. 부사는 정신을 가다듬어 물어 가로되

"너는 어떠한 여자인데 이 깊은 밤에 와서 무슨 사정을 말하려 하느냐?"

그 미인이 고개를 숙이고 몸을 일으켜 다시 절하며 아뢰기를

"소녀는 이 고을에 사는 배 좌수의 딸 홍련입니다. 소녀의 형 장화는 칠 세 되었고 소녀는 삼 세 되던 해에 어미를 여의고 아비를 의지하여 세상을 보내더니 아비가 후처를 얻었나이다. 후처의 성품이 사납고 시기가 극심하던 중 공교히 연하여 삼자를 낳았나이다. 그래서 아비는 혹하여 계모의 참소를 신청하고 소녀의 자매를 박대함이 자심하였지만 소녀의 자매는 그래도 어미라 계모 섬기기를 극진히 하였습니다. 계모의 박대와 시기는 날로 심해졌습니다.

이는 다름 아니라 본디 소녀의 어미가 재물이 많아 노비가 수백 인이요, 전답이 천여 석이었습니다. 금은보화는 거재두량(車載斗量)이요, 소녀 자매가 출가하면 재물을 다 가질 생각으로 소녀 자매를 죽여 재물을 빼앗아 제 자식을 주고자 하여 주야로 모해할 뜻을 두었나이다. 그리하여 몸소 흉계를 내어 큰 쥐를 벗겨 피를 많이 바르고 낙태한 형

상을 만들어 형의 이불 밑에 넣고 아비를 속여 죄를 씌운 후에 거짓으로 외삼촌 집으로 보낸다 하고 갑자기 말을 태워 그 아들 장쇠 놈으로 하여금 데려다가 못 가운데 넣어 죽게 했습니다.

소녀 이 일을 알고 억울하고 원통하여 소녀 구차하게 살다가 또 어떤 흉계에 빠질까 두려워 마침내 형이 빠져 죽은 못에 빠져 죽었나이다. 죽음은 섧지 않으나 이 불측한 누명을 씻을 길이 없사옵기에 더욱 원통하여 등내마다 원통한 사정을 아뢰고자 하였는데 모두 놀라 죽으므로 뼈에 맺힌 원한을 이루지 못하였나이다. 이제 천행으로 밝으신 사또를 맞아 감히 원통한 원정을 아뢰오니 사또는 소녀의 슬픈 혼백을 불쌍히 여기시와 천추(千秋)의 원한을 풀어주시고 형의 누명을 벗겨주십시오!"

말을 맺고 일어나 하직하고 나가기에 부사는 괴이하게 여겨 생각하기를

"당초에 이런 일이 있어 폐읍이 되었도다!"

하고 이튿날 아침에 동헌에 나아가 이방을 불러 묻기를

"이 고을에 배 좌수라는 사람이 있느냐?"

"예, 배 좌수가 있사옵니다!"

"좌수 전후처의 자식이 몇이나 있느냐?"

"두 딸은 일찍 죽사옵고 세 아들이 살아 있나이다."

"두 딸은 어찌하여 죽었다 하더냐?"

"남의 일이오라 자세히는 알지 못하오나 대강 듣사온즉 그 큰딸이 무슨 죄가 있어 연못에 빠져 죽은 후 그 동생은 형제의 정이 중하므로 주야(晝夜)로 통곡(痛哭)하다가 필경 형의 죽은 못에 빠져 죽어 한가지로 원혼이 되어 날마다 못가에 나와 앉아 울며 말하기를 '계모의 모해(謀害)를 입어 누명을 쓰고 죽었노라.' 하며 허다한 사연을 하여 행인들이 듣고 눈물 아니 흘리는 사람이 없다고 하옵니다."

하는 것이었다. 부사는 듣기를 다 하고 즉시 관차를 보고 분부하기를

"배 좌수 부부를 잡아 들여라!"

하니 관차는 영을 듣고 삽시간에 잡아왔다. 부사가 좌수에게 묻기를

"내 들으니 전처의 두 딸과 후처의 세 아들이 있다 하는데 그것이 사실인가?!"

"그러하옵니다!"

"다 살아 있는가?"

"두 딸은 병들어 죽었고 다만 세 아들이 살았습니다."

"두 딸이 무슨 병으로 죽었는지 바른 대로 아뢰면 죽기를 면하려니와 그렇지 않으면 장하(杖下)에 죽으리라!"

좌수 얼굴이 흙빛이 되어 아무 말도 못 하자 흉녀는 이 말을 듣고 크게 놀라며 아뢰기를

"안전에서 이미 아시옵고 묻사온대 어찌 추호라도 기망

함이 있겠나이까! 전실에 두 딸이 있어 장성하더니 장녀 행실이 바르지 못하여 잉태하여 장차 누설케 되었기로 노복들도 모르게 약을 먹여 낙태하였사오나 남은 이러한 줄도 모르고 계모의 모해인 줄 알 듯하기에 저를 불러 경계하기를 '네 죄는 죽어 아깝지 않지만 너를 죽이면 남이 나의 모해로 알겠기에 짐작하여 죄를 사하겠으니 차후로는 다시 이러한 행실을 말고 마음을 닦아라. 만일 남이 알면 우리 집을 경멸할 것이니 그러면 무슨 면목으로 사람을 대하겠느냐.' 하고 꾸중을 하였습니다. 그랬더니 저도 죄를 알고 부모 대하기를 부끄러워하며 스스로 밤에 나가 못에 빠져 죽었습니다. 그 동생 홍련이 또한 제 형의 행실을 본받아 밤에 도주한 지 몇 해가 되었지만 그 종적을 모를 뿐 아니라 양반의 자식이 실행(失行)하여 나갔다고 해서 어찌 찾을 길이 있겠습니까? 이러므로 나타나지 못하였나이다."

부사가 듣기를 다 하고 물어 말하기를

"네 말이 그러할진대 낙태(落胎)한 것을 가져오면 족히 알겠다!"

흉녀 대답하여 여쭙기를

"소녀의 골육(骨肉)이 아닌 고로 이런 일을 당할 줄 알고 그 낙태한 것을 깊이 장지하였다가 가져왔나이다."

하고 즉시 품속에서 내어드리니 부사는 본즉 낙태한 것이 분명하므로 이에 분부하기를

"말과 사실이 어긋남이 없으나 죽은 지 오래되어 분명히 설명할 수 없으니 내 다시 생각하여 처리할 것이니 그냥 물러가 있거라!"

그날 밤에 홍련의 형제가 완연히 부가 앞에 나타나서 절하고 여쭙기를

"소녀들이 천만 의외에 밝으신 사또를 만나서 소녀 자매의 누명을 설원할까 바랐었는데 사또께서 흉녀의 간특한 꾀에 빠지실 줄 어찌 알았겠나이까?!"

하며 슬피 울다가 다시 여쭙기를

"일월같이 밝으신 사또는 깊이 통촉하십시오. 옛날에 순임금도 계모의 화를 입었다 하거니와 소녀의 뼈에 사무친 원한은 삼척동자(三尺童子)라도 다 아는 바이거늘 이제 사또께서 잔악한 계집의 말을 곧이들으시고 깨닫지 못하시니 어찌 애달프지 않겠나이까. 바라건대 사또께서는 흉녀를 다시 부르셔서 낙태한 것을 올리라 하여 배를 가르고 보시면 반드시 통촉할 바가 있을 것입니다. 그러니 소녀 자매를 천만 긍측히 여기셔서 법을 밝혀주시고 소녀의 아비는 본성이 착하고 어두운 탓으로 흉녀의 간계에 빠져 흑백(黑白)을 분별(分別)치 못하는 것이니 충분히 용서하여 주시기를 바라겠나이다."

말을 마치고 홍련의 자매는 일어나 절하고 청학을 타고 반공에 솟아갔다. 부사는 그 말을 듣고는 분명히 자기가 흉

녀에게 속은 것을 깨닫고 더욱 분노하였다. 날이 밝기를 기다려 새벽에 좌기를 베풀고 좌수 부부를 성화같이 잡아들여 다른 말은 묻지 않고 그 낙태한 것을 바삐 들이라 하여 그것을 살펴본즉 낙태가 아닌 줄 분명히 알겠으므로 좌우를 명하여 그 낙태한 것을 배를 가르게 할 때 그 호령이 서리 같았다. 칼을 가져와 배를 갈라 보니 그 속에 쥐똥이 가득하였다. 허다한 관속들이 이를 보고 모두 흉녀의 간계를 알고 저마다 침을 뱉고 꾸짖으며 장화 자매의 애매한 죽음을 불쌍히 여겨 눈물을 흘리었다.

부사는 이를 보고 크게 노하여 큰 칼을 씌우고 소리를 높여 호령하여 말하기를

"이 간특한 것아, 네 천고 불측한 죄를 짓고도 방자스럽게 공교한 말로 속이기로 내가 생각하는 바 있어 방송하였더니 이제 또한 무슨 말을 꾸며 변명코자 하느냐? 네 국법(國法)을 가볍게 여기고 못할 짓을 행하여 무죄(無罪)한 전실(前室) 자식을 죽였으니 그 사연을 바른 대로 아뢰어라."

좌수는 이 광경을 보고는 애매한 자식의 죽음을 뉘우치며 눈물을 흘리면서 아뢰기를

"소생의 무지한 죄는 성주의 처분에 있사오며 비록 하방의 용렬한 우맹인들 어찌 사리와 체모를 모르겠습니까. 전실 장 씨는 가장 현숙하더니 불쌍히 죽고 두 딸이 있었는데 부녀가 서로 의지하여 위로하며 세월을 보냈습니다. 그

러나 후사를 돌보지 않을 수 없어 후처를 얻어 아들 삼자를 낳아 기꺼워했습니다. 그런데 하루는 소생이 내당에 들어가니 흉녀가 갑자기 변생하여 하는 말이 '영감이 매양 장화를 세상에 없이 귀히 여기시더니 제 행실이 불행하여 낙태하였으니 들어가 보라.' 하고 이불을 들추고 소생이 놀라 어두운 눈에 본즉 과연 낙태한 것이 확실했습니다. 미련한 소견에 전혀 깨닫지 못하고 더욱 전처의 유언(遺言)을 잊고 흉계(凶計)에 빠져 죽인 것이 틀림없으니 그 죄 만 번 죽어도 사양치 않겠습니다."

말을 마치고 배 좌수가 통곡하니 부사가 곡성을 그치게 하고 이에 흉녀를 형틀에 올려 매고 문초를 하니 흉녀는 매를 이기지 못해 여쭙기를

"소첩의 친정은 대대로 거족이오나 근래에 문중이 쇠잔하여 가세가 탕진하던 차 좌수가 간청하므로 그 후처가 되었습니다. 전실의 두 딸이 있었는데 그 행동거지가 심히 아름다웠나이다. 그리하여 내 자식같이 양육하여 이십에 이르니 제 행사가 점점 불측하여 백 가지 말에 한 말도 듣지 않고 성실치 못한 일이 많아 원망이 심하였습니다. 하루는 저희 형제의 비밀한 말을 우연히 엿들었습니다. 그 말을 듣고 보니 과연 소첩이 매양 염려하던 바와 같이 불미한 일이므로 마음에 놀랍고 분하지만 아비더러 이르면 반드시 모해하는 줄로 알 것이니 부득이 영감을 속이고 쥐를 잡아

피를 묻혀 장화의 이불 밑에 넣고 낙태하였다 하였습니다. 그리고 소첩의 자식 장쇠에게 계교를 가르쳐 장화를 유인하여 연못에 넣어 죽였사온데 그 아우 홍련이 또한 화를 두려워 밤중에 도주하였사와 법대로 처분을 기다리려니 첩의 아들 장쇠는 이 일로 천벌을 입어 이미 병신이 되었사오니 죄를 사하여 주옵소서!”

장쇠 등 삼 형제가 일시에 여쭙기를

“소인 등은 다시 아뢸 말씀이 없사오나 다만 늙은 부모(父母)를 대신하여 죽고자 바랄 뿐이옵니다.”

하는 것이었다. 부사는 좌수의 처와 장쇠 등의 초사를 듣고 일변 흉녀의 소행을 이해하며 한편 장화 자매의 원통한 죽음을 불쌍히 여겨 말하기를

“이 죄인은 남과 다르니 내 임의로 처리 못 하겠다.”

감영에 보고하였다. 감사는 이 말을 듣고 크게 놀라 즉시 이 뜻을 조정에 장계하였더니 임금이 보시고 장화 자매를 불쌍히 여기시어 하교하시기를

“흉녀의 죄상은 만만불측하니 능지처참하여 후일을 징계하며 그 아들 장쇠는 교살(絞殺)할 것이며 장화 자매의 혼백을 신원(伸寃)하여 비를 세워 표하여 주고 제 아비는 방송(放送)하라!”

감사 하교를 받자 그대로 철산부에 전달하였다. 부사는 즉시 좌기를 베풀고 흉녀를 능지처참(陵遲處斬)하여 효시

하고 아들 장쇠는 교살하고 좌수는 훈계(訓戒)로 다스렸다.

부사는 몸소 관속을 거느리고 장화 자매가 죽은 못에 나아가 물을 치고 본즉 두 소저의 시체가 자는 듯이 누워 있는데 얼굴이 조금도 변하지 않아 마치 산 사람과 같았다.

부사는 관곽을 갖추어 명산을 가려 안장하고 무덤 앞에 석 자 길이의 비석을 세웠는데 그 비석에 "해동 조선국 평안도 철산군 배무룡의 딸 장화·홍련의 불망비"라 하였다.

부사 장사를 마치고 돌아와 정사를 다스리는데 잠시 곤하여 침석을 의지하여 졸고 있을 즈음 문득 장화 자매가 들어와 절을 하며 아뢰기를

"소녀들은 밝으신 사또를 만나 뼈에 사무친 한을 풀고 또 해골까지 거두어 주시옵고 아비의 죄를 용서하여 주셨으니 그 은혜는 태산이 낮고 하해가 얕아서 명명지중(冥冥之中)이라도 결초보은(結草報恩)하겠나이다. 미구에 관직이 오를 것이니 두고 보옵소서!"

이렇게 말하고 간 데가 없거늘 부사 놀라 깨어 보니 침상일몽이었다. 그로부터 차차 승진하여 통제사에 이르니 가히 장화 자매의 음덕이 아닌가.

배 좌수는 나라의 처분으로 흉녀를 능지처참하여 두 딸의 원혼을 위로하였으나 마음에 쾌함이 없고 오직 두 딸의 애매한 죽음을 슬퍼하여 거의 미칠 듯하였다. 할 수만 있으면 다시 이 세상에서 부녀지의를 맺어 남은 한을 풀고자

매양 축원하던 중 집안에 공양할 사람조차 없어 마음 둘 곳이 없으므로 부득이 혼처를 구하였다. 그리하여 향속 윤광호의 딸에게 장가드니 나이는 십팔 세요, 용모와 재질이 비상하고 성정이 또한 온순하여 자못 숙녀의 풍도가 있으므로 좌수는 크게 기꺼워 금실이 자별하였다.

하루는 좌수가 외당에서 두 딸의 생각이 간절하여 능히 잠을 이루지 못하고 전전반측할제 장화자매가 황홀히 단장하고 완연히 들어와 절하며 여쭈기를

"소녀의 팔자가 기구하여 모친을 일찍이 여의고 전생업원으로 모진 계모를 만나 마침내 애매한 누명을 쓰고 부친 슬하를 이별하였으니 억울하고 원통함을 이기지 못하여 이 원정을 옥황상제께 아뢰었습니다. 상제께서 통촉하시와 이르시기를 '너희 정상이 가긍하나 이 역시 너희 팔자라 뉘를 원망하리오? 그러나 너의 아비와 세상 인연이 미진하였으니 다시 세상에 나가 부녀지의를 맺어 서로 원한을 풀어라.' 하시고 물러가라 하셨는데 그 의향을 모르겠나이다!"

하였다. 좌수가 그를 붙잡고 반길 때에 닭소리에 놀라 깨어 보니 무엇을 잃은 듯 여취여광하여 심신을 가누지 못하였다.

후취 윤 씨 또한 일몽을 얻으니 선녀가 구름으로 내려와 연꽃 두 송이를 주며 하는 말이

"이는 장화와 홍련이니 그 애매하게 죽음을 옥황상제께서

불쌍히 여기시어 부인께 점지하니 귀히 길러 영화를 보라!”

하고 간 데 없기에 윤 씨가 깨어 보니 꽃송이가 손에 쥐어 있고 향기가 방 안에 가득하였다. 윤 씨가 크게 괴이하게 여겨 좌수를 청하여 몽사(夢事)를 전하며

“장화와 홍련이 어찌 된 사람입니까?”

하고 물으니 좌수는 이 말을 듣고 꽃을 본즉 꽃이 넘놀며 반기는 듯하므로 두 딸을 다시 만난 듯해서 눈물을 흘리고 딸의 전후사연을 말하여 주었다.

윤 씨는 그달로부터 태기(胎氣)가 있어 십 삭이 되어 갈수록 배가 너무도 드러나기에 쌍태가 분명하였다. 달이 차매 몸이 피곤하여 침상에 의지하였더니 이윽고 순산하여 쌍태아 두 딸을 낳았다. 좌수가 밖에 있다가 들어와 부인을 위로하여 산아를 보니 용모와 기질이 옥으로 새긴 듯 꽃으로 모은 듯 짝이 없게 아름다워 그 연꽃과 같았다. 그들은 이것을 기이하게 여겨 “꽃이 화하여 여아가 되었다.”고 하며 이름을 다시 장화, 홍련이라 적고 장중보옥같이 길렀다.

세월이 여류하여 사오 세에 이르매 두 소저의 골격이 비상하고 부모를 효성으로 받들었다. 그들이 점점 성장하여 십오 세에 이르자 덕을 구비하고 재질이 또한 출중(出衆)하므로 좌수 부부의 사랑함이 비길 데 없었다.

배필을 구하고자 매파를 널리 놓았지만 합당한 곳이 없어 매우 근심하던 중 이때 평양에 이연호라는 사람이 있는

데 재산이 누거만 있으나 다만 슬하에 일점혈육이 없어 슬퍼하다가 늦게야 신령의 현몽으로 쌍태에 아들 형제를 두었다. 이름은 윤필, 윤석이라 하는데 이제 나이 십육 세로 용모가 화려하고 문필이 출중하여 딸 둔 사람들이 모두 탐내며 매파를 보내 청혼하는 것이었다.

그 부모도 또한 자부를 선택하는 데 심상치 않던 차에 배 좌수의 딸 쌍둥이 형제가 아주 특이함을 듣고 크게 기꺼워 혼인을 청하였더니 양가가 서로 합의하여 즉시 허락하고 택일하니 때는 추구월 보름께였다.

이때 천하가 태평하고 나라에 경사가 있어 과거를 보일 새, 윤필의 형제가 참여하여 장원 급제를 하였다. 임금이 그 인재를 기특히 여기시어 즉시 한림학사를 제수하시니 한림 형제는 사은하고 말미를 청하니 임금이 허락하시었다.

그리하여 한림 형제가 바로 떠난 집으로 내려오니 이 공이 잔치를 베풀고 친척과 친구들을 청하여 즐기는 것이었다. 본관 수령이 각각 풍악과 포진을 보내고 감사와 서윤이 신래를 기리며 잔을 나누어 치하하니 가문에 영화는 고금에 드물었다.

이렇게 혼인을 당하여 한림 형제는 위의를 갖추고 풍악을 울리며 혼가에 이르러 예를 마치고 신부를 맞아 돌아와 부모께 현신(現身)하였다. 그 아름다운 태도는 가히 한 쌍의 명주요 두 낱의 박옥이라 부모들은 기꺼움을 측량치 못하였다.

　신부 자매가 부모를 효성으로 받들고 군자를 승순하며 장화는 이남 일녀를 낳았다. 그의 장자는 문관으로 공경재상이 되었고 차자는 무관으로 장군이 되었다. 홍련도 이남을 두었는데 장자는 벼슬이 정남에 이르고 차자는 학행이 높아 산림에 숨어 풍월을 벗 삼아 거문고와 서책을 즐겼다.

　배 좌수는 구십이 되매 나라에서 특별히 좌찬성을 제수하시었다. 그는 이것으로 여년을 마치고 윤 씨 또한 세상을 버리니 장화 자매가 슬퍼하는 것이었다. 한림 형제도 부모가 돌아가니 형제가 한집에 동거하여 자손을 거느리고 지냈는데 장화 자매는 칠십삼 세에 한가지로 죽고 한림 형제는 칠십오 세에 세상을 떠났는데 그 자손이 유자생녀하여 복록(福祿)을 누렸다고 한다.

　장화홍련전은 가정형 계모소설의 대표적인 작품으로 많은 이본(異本)이 있으며 지금까지도 널리 읽히고 있다.

숙영낭자전

숙영낭자전(淑英娘子傳)은 작자, 연대 미상의 고전소설이다. 이 소설은 도선사상(道詵思想)에 바탕을 둔 애정소설이다. '수경낭자전', '수경옥낭자전', '숙향낭자전'이라고도 한다. 한문소설 ≪재생연≫(再生緣)을 번역, 증보한 것으로 알려져 있으나 자료가 전해지지 않아 확인되지 않는다. 활자본의 내용은 목판본과 거의 같으며 내용은 목판본계와 필사본계로 구분된다.

세종 때 경상북도 안동에 백상군이라는 선비가 있었는데 뒤늦게 명산대찰에 빌어 선군이라는 아들을 얻었다. 선군이 자라자 백상군은 아들의 혼처를 사방에 알아보는데 선군은 책을 읽다가 잠깐 졸던 꿈속에서 숙영이라는 선녀를 만난다.

그 후 선군은 숙영을 그리워하다가 상사병이 들어 어떤 약도 듣지 않고 다 죽게 되었다.

선군의 목숨을 염려한 숙영은 다시 꿈에 나타나 옥련동에서 만나자고 한다. 꿈에서 깬 뒤 선군은 병이 나았고 유람을 구실로 집을 나와 숙영을 만나게 된다. 숙영은 인연을 맺기에는 3년이 남았다며 달래나 선군은 듣지 않고 부부의 인연을 맺은 뒤 함께 집으로 돌아온다.

그들은 남매를 낳고 부모를 모시며 10년을 하루같이 금실 좋게 살았다. 아버지 상군은 선군에게 과거를 보라고 하나 숙영과 떨어지기 싫은 선군은 번번이 거절하다가 할 수 없이 과거길에 오른다.

그러나 가던 중 숙영이 그리워 2번이나 수십 리를 되돌아와 함께 밤을 보낸다. 며느리 방에서 남자소리가 나는 것을 들은 백상군은 숙영을 의심하게 되고 평소 숙영을 질투하던 시비(侍婢) 매월은 동네 불량배와 짜고 숙영에게 누명을 씌운다. 백상군이 호되게 죄를 추궁하자 숙영은 억울함을 참지 못해 자결하고 만다. 칼과 시체를 옮기려 해도 움직이지 않고 몇 개월이 지나도 썩지 않자 상군은 선군이 이를 보면 함께 죽을 것을 염려하여 풍산의 림 소저와 혼약을 해둔다.

장원급제하여 돌아오던 선군은 꿈속에서 숙영의 원통한 죽음을 보고 황급히 집으로 와서 통곡하며 매월 등을 처벌

한다. 며칠 뒤 숙영은 옥황상제의 은혜로 다시 살아나며 선군은 숙영의 권유로 림 소저를 후실로 얻어 행복을 누리다가 신선이 되어 승천한다.

'숙영낭자전'은 효를 중히 여기는 부모와 애정을 중히 여기는 자식 간의 갈등 속에서 자식의 의지가 타당성을 얻은 작품이다. 이런 점은 조선 후기 가치관의 변화를 보여주는 것이다.

금방울전

금방울전은 작자, 연대 미상의 고전소설이다. '능견난사' (能見難思)라고도 한다. 배경은 중국이다.

장원이라는 사람이 난리를 만나 부인과 함께 피난을 가다가 요괴에게 쫓기는 용의 아들을 구해준다. 그 뒤 부인이 아들을 낳았는데 용의 모습을 띠고 있어 해룡이라고 이름 지었다.

한편 김삼랑이라는 자의 아내 막 씨가 시어머니 무덤을 지키며 효성을 다했는데 죽은 남편의 혼이 감동하여 찾아오곤 했다. 막 씨는 남편의 혼과 동침하여 커다란 방울을 하나 낳는다. 방울은 빛이 나며 돌로 쳐도 깨지지 않고 불에 넣어도 타지 않았다.

어느 날 장원의 부인이 죽을병에 걸렸는데 방울이 갖다 준 풀잎을 입에 넣자 병이 나았다. 한편 장삼이라는 도둑이 해룡을 데려다 키웠는데 아내 변 씨가 몹시 학대했다. 방울은 해룡을 찾아가 찬 방을 덥혀주고 변 씨가 시키는 어려운 일들을 해결해준다.

산 속에서 요괴가 해룡을 잡아먹으려 하자 방울이 나타나 대신 먹힌다. 해룡은 쫓아가 요괴를 죽이고 배를 가르자 방울이 나와 공주를 구해 돌아간다. 해룡이 장군이 되어 싸움터에 나가자 방울은 위급할 때마다 해룡을 구한다. 한편 백발노인이 장원의 부인과 막 씨의 꿈에 나타나 아들과 딸을 볼 것이라고 일러준다.

깨어보니 방울의 허물을 벗은 선녀가 누워 있었다.

황제는 이 이야기를 듣고 해룡과 방울을 혼인시킨다. 해룡은 두 부인과 더불어 부귀영화를 누리다가 신선이 되어 승천한다.

금방울전은 전기적(傳奇的)이고 황당무계한 내용으로 일관되어 있으나 비교적 잘 짜인 구조를 가지고 있다. 여주인공 방울의 적극적인 활동과 남녀의 결합은 소외된 피지배계층에 속하는 독자 특히 여성 독자의 의식을 반영한 것으로 보인다.

요괴를 죽이고 공주를 구출한다는 면에서 ≪김원전≫(金圓傳)과 같은 구성을 가지고 있다. ≪김원전≫에서는 이것이 주요내용인데 ≪금방울전≫에서는 삽입된 내용 정도인 것으로 보아 ≪금방울전≫은 ≪김원전≫의 모방인 것으로 여겨진다.

이 작품은 민담에 등장하는 여러 모티프를 가지고 있어 민담과 고전소설의 구조 연구에 좋은 자료가 된다.

박씨전

박씨전은 일명 또 ≪박씨부인전≫이라고도 한다. 박씨부인이라는 가공인물을 이시백(李時白), 임경업(林慶業) 같은 역사적 인물과 함께 등장시켜 초인간적 활약을 그린 역사군담 소설이다. ≪박씨부인전≫, ≪명월부인전≫(明月夫人傳)이라는 표제로 되어 있는 것도 있다.

인조 때 이득춘(李得春)이라는 사람이 늦도록 자식이 없어 금강산 명월암(明月庵)에 가서 기도를 하여 이시백을 낳았다. 금강산에 살던 박 처사가 찾아와 청혼을 하여 이시백을 박 씨와 혼인시켰다.

첫날밤에 이시백이 박 씨가 아주 못생겼음을 보고 실망하여 돌보지 않자 박 씨는 후원에 피화당(避禍堂)을 지어 홀로 지냈다. 박 씨는 시아버지가 급히 입어야 할 조복(朝服)을 하룻밤 사이에 짓는가 하면 비루먹은 말을 싸게 사서 3년 뒤 비싸게 팔아 재산을 늘리기도 하고 백옥연적(白玉硯滴)을 주어 이시백을 장원급제하도록 하는 등 비범한 재주를 보였다.

그 뒤 박 씨의 액운이 다하자 박 처사가 허물을 벗겨주니 절세미인으로 변하여 온 가족의 사랑을 받게 되었다. 이때 이시백은 임경업과 함께 명나라를 도와 가달(可達)의 난을 평정했으나 이번에는 다시 호왕(胡王)이 조선을 침범하려 했다. 호왕은 공주를 설중매(雪中梅)라는 기생으로 변장시켜 보내어 임경업과 이시백을 죽이려 했다.

그러나 이를 알아차린 박 씨가 그녀를 본국으로 쫓아 보낸다.

그러자 호왕은 용골대(龍骨大) 형제에게 군사를 주어 조선을 치게 한다. 박 씨는 이 변란이 있을 것을 미리 알고 임금을 남한산성으로 피신시키고 많은 부녀자들을 자신이 거처하고 있던 피화당에 모이게 하여 화를 면하게 한다. 이에 용홀대(龍忽大)가 피화당에 침입했다가 오히려 죽음을 당하고 동생의 복수를 하려던 용골대마저도 박 씨의 도술에 쫓겨 본국으로 돌아갔다. 박 씨는 난이 끝난 뒤 충렬부인에 봉해졌다.

이본에 따라 내용은 조금 차이가 있으나 추녀 박 씨가

허물을 벗는 전반부와 병자호란 때 활약을 하는 후반부로
크게 나뉜다. 이 때문에 ≪리시백전≫과 ≪박씨부인전≫이
라는 2편의 소설이 결합된 것으로 보기도 한다. ≪임진록≫
(壬辰錄)과 함께 이 작품에는 임진, 병자의 양 난을 통해
겪었던 고통을 허구를 통해서나마 극복하고자 했던 뜻이 반
영되어 있는 것으로 해석된다.

박 씨의 영웅적 활약은 여성들이 가부장적 억압으로부터
해방되고자 하는 욕구를 담고 있는 여성영웅소설의 모태로
작용하기도 한다.

심생전

심생전(沈生傳)은 조선 정조, 순조 때 활동하던 이옥(李鈺)이 지은 전(傳)이다. 절친한 친구였던 김려(1766~1822)가 편찬한 ≪담정총서≫(潭庭叢書)에 실려 있다. 신분제의 속박으로 인해 양반의 자제인 심생과 중인층 처녀의 사랑이 비극적으로 끝나게 된다는 내용을 애틋하게 그렸다.

어느 날 심생이 운종가(雲從街)에서 임금의 행차를 구경하고 돌아오다가 계집종에게 업혀가는 한 여자를 보았다. 아름다움에 반해 따라가 보니 중인의 딸이었다. 사랑하는 마음을 억누를 수가 없어 밤마다 그녀의 집 담을 넘어가기를 20일 동안 계속했으나 좀처럼 만날 수가 없었다.

결국 심생의 진실한 사랑을 안 처녀는 심생을 자신의 방으로 불러들이고 자신의 부모를 설득시킨 뒤 동침했다. 그 뒤 심생은 밤마다 그녀를 찾았고 이를 눈치 챈 심생의 부모는 절에 들어가 공부하도록 했다. 부모의 명을 거스를 수가 없어 절방에서 글공부를 하던 중 그녀가 보낸 유서(遺書)를 받았다. 자신의 처지를 한탄하는 내용이 담겨 있는 편지를 읽고 심생도 슬픔에 싸여 일찍 죽고 만다는 내용이다.

신분의 차이 때문에 사랑을 이루지 못한다는 이야기는 많이 있으나 작품 결말에 그려진 심생의 죽음은 인상적이다. 또 주인공 여자는 춘정(春情)에 들뜬 심생을 슬기롭게 거절하기도 하고 자신의 뚜렷한 주관으로 사랑을 받아들이기도 하며 신분 때문에 겪은 불우한 현실을 토로함으로써 자신도 떳떳한 개체적(個體的) 인간임을 선언하기도 한다.

이같이 자신의 삶에 적극적이면서도 강한 의지를 보이는 여성상은 조선 후기의 새로운 사회상을 짙게 반영하는 것이다. 실제로 이옥은 ≪리언≫(俚諺)에서 당대 여성의 섬세한 감정을 그려내고 있는데 ≪포호처전≫(捕虎妻傳)에 나오는 숯장사의 아내에게서도 이러한 면을 발견할 수 있다.

이 작품은 ≪리생규장전≫(李生窺墻傳) 또는 ≪춘향전≫을 연결시켜 주는 문학사적 의의를 갖는다는 평가를 받기도 한다.

전우치전

전우치전(田禹治傳)은 작자, 연대 미상의 고전소설이다. 이 고전소설은 실재 인물인 전우치를 소재로 한 도술소설이다.

전우치는 중종 때의 인물로 도술에 능하고 시를 잘 지었는데 반역을 꾀한다 하여 1530년경 잡혀 죽었다고 한다. 도가의 이단사상을 가진 사람들 사이에 자주 일컬어지고 전설의 주인공으로 부각된 것이 ≪조야집요≫(朝野輯要), ≪대동야승≫(大東野乘), ≪어우야담≫(於于野談) 등 여러 문헌에 나타나고 있다.

소설의 내용을 보면 개성에 사는 전우치는 신기한 도술을 얻고 숨어 살았는데 해적의 약탈과 흉년으로 백성들이 비참한 지경에 이르자 천상선관(天上仙官)으로 변신하여 왕에게 나타난다. 옥황상제의 명령이라면서 황금들보를 만들게 하고 그 들보를 외국에 팔아 산 쌀 수만 섬으로 백성들을 구휼한다.

사실을 알게 된 임금이 크게 노하여 전우치를 잡아다가 국문(鞠問)한다. 이에 전우치는 도술로 맞서다가 왕에게 "나의 죄를 다스릴 정신으로 백성을 다스리라!"고 충고하여 풀려난다. 그 뒤 도술로써 선행을 베풀며 전국을 돌아다니고 도적의 무리를 다스리는 등 공을 세운다.

이를 시기한 간신이 역적의 누명을 씌워 처형당하게 되자 전우치는 마지막 소원이라며 그림 한 장을 그리게 해달라고 한다. 왕이 이를 허락하자 산수화 속에 나귀 1마리를 그리더니 나귀를 타고 그림 속으로 사라진다.

그 뒤 전우치는 자신을 모해한 자를 도술로 골려주고 장난을 치며 돌아다닌다. 과부를 짝사랑해 상사병이 든 친구를 위해 그 과부를 구름에 태워오다가 강림도령에게 질책을 당한다.

그 뒤 화담 서경덕의 도학이 높다는 이야기를 듣고 찾아가 화담의 도술에 굴복하고 제자가 되어 태백산에 들어가 도를 닦았다고 한다. 도술을 부리는 영웅을 내세워 잘못된 사회와 맞서게 했다는 점에서 ≪홍길동전≫의 영향을 많이 받은 작품이다. 도술을 장난으로 여기며 자기만족에 그친

면이 있어 ≪홍길동전≫에 비해 떨어지는 작품이라고 할 수 있을 것이다. 그러나 도술적인 행동묘사의 다양성과 정치부패의 고발이라는 점에서는 앞선다고 보는 견해도 있다.

이본 가운데에는 전우치의 도술을 습득하는 과정을 묘사하는 데 괴이한 상상을 보탠 것이 있다. 전우치가 어려서 여우 입 속에 든 구슬을 먹고 구미호에게서 천서(天書)를 빼앗아 도술을 익히게 되었다는 내용도 있고 전우치가 전생에 손오공이었다는 내용도 있다. 한편 전우치가 중국에 가서 도적의 두목이 되어 조선을 업신여기지 못하게 한다면서 중국 천자를 괴롭혔다는 이본도 있다.

에밀레종

에밀레종은 통일신라시대의 동종이다. 높이 333cm, 직경 227cm이다. 봉덕사종 또는 에밀레종이라고도 한다. 원래 한국 경주 봉덕사에 있던 것을 영묘사(靈妙寺)로 옮겼다가 1915년 8월 경주박물관으로 이전하여 전시하고 있다. 한국에 현존하는 종 가운데 가장 규모가 크며 완전하게 한국종의 형식을 갖추고 있다.

종의 몸체에 새겨진 긴 명문에 의하면 신라 경덕왕이 아버지인 성덕왕의 공덕을 찬양하기 위하여 동(銅) 12만 근으로 주조를 시작했으나 완성을 보지 못하고 죽자 아들인 혜공왕이 뜻을 받들어 771년(혜공왕 7)에 완성했다고 한다.

경주국립박물관 야외에 전시된 성덕대왕신종(에밀레종). 현재 직접 타종은 하지 않고 녹음된 소리만을 들려주고 있다.

매년 새해를 맞기 위해 사람들이 모여드는 곳이 있다. 바로 제야의 종소리를 듣기 위해 찾아가는 종로의 보신각이다.

그런데 보신각의 종소리가 100점 만점에 58.2점밖에 되지 않는다고 한다. 국립경주박물관의 조사에 따르면 상원사의 종이 65점, 크기로 유명한 중국의 영락대종은 42.3점을 받았다.

가장 높은 점수를 받은 종은 에밀레종으로 더 잘 알려진 한국의 국보 성덕대왕 신종으로 무려 86.6점을 받았다. 이 점수는 소리의 주파수와 화음도, 질량 등을 수학적으로 계산해 얻어낸 값이다.

성덕대왕 신종의 기본적인 제원을 살펴보면 무게는 18.908t, 높이 3.33m, 지름 2.27m로 제작기간은 34년이 걸렸다. 이 종은 구리와 주석을 85:15 비율로 합금한 청동종이다. 특이한 점은 기존의 한국 종이나 일본, 서양 종에서는 검출되지 않은 유황 성분이 0.22%가 나왔다는 것이다.

종의 꼭대기에 있는 용은 사실적인 형태로 조각되었고 그 옆에 붙어 있는 음통(音筒)에는 화려한 보상화무늬가 3단으로 장식되어 있다. 어깨와 구연부에는 보상당초무늬가 장식된 문양대가 돌려졌고 구연부의 끝부분이 모서리로 이루어졌는데 각 모서리마다 연꽃 한 송이씩을 배치하여 변화를 주고 있다. 어깨 밑에는 보상당초문양대가 장식된 유곽(乳廓)이 4곳에 배치되어 있고 그 안에는 연꽃 모양의 유두(乳頭)가 9개씩 조각되어 있다. 유곽 아래로는 서로 마주 보고 있는 4구의 비천상과 연화 당좌(幢座) 2개를 교대로 배치했다. 비천상은 연화좌우에 무릎을 꿇은 자세로 손에 향로를 들고 있으며 천의 자락과 보상화가 구름무늬처럼 생동감 있게 표현되어 마치 천상의 세계를 나타내고 있는 것 같다. 이 종은 강원도 오대산 상원사동종(725)과 함께 통일신라시대 동종을 대표하며 8세기경 금속공례의 높은 수준을 알려주는 실례이다.

전설에 의하면 에밀레종을 만들 때 어린 아기를 넣었다고 한다. 사람의 몸에 많은 린은 청동의 주조성을 좋게 한다. 그렇다면 에밀레종처럼 복잡하고 정교한 종을 주조하는데 린은 중요한 요소일 수 있다. 그러나 종에 대한 성분분석 결과 린은 없었다.

보통 종소리는 시간에 따라 셋으로 나눌 수 있다. 첫 번째는 종을 친 후 약 1초 동안 나는 소리로 타음인데 이 음에는 수많은 부분음이 포함된다. 두 번째 부분은 종을 친후 10초 동안 지속되는 비교적 높은 소리로 매우 멀리에서도 들리는 원음이다. 다음 세 번째 부분이 소리의 여운으로약 1분 이상 계속된다.

이 중 여운은 종소리를 특징짓는 대표적 소리다. 여운은 맥놀이 현상 때문에 생긴다. 맥놀이는 서로 근접한 주파수, 다른 말로 하면 비슷한 진동수 2개가 조화 진동해 합성된 진동의 진폭이 주기적으로 변하는 현상이다. 이때 합성진동의 최대 진폭은 당연히 두 성분 진동의 진폭의 합과 같고 최솟값은 두 차와 같아진다. 맥놀이는 소리가 가장 적은 에너지로 가장 멀리 가게 하는 효과를 가진다.

종소리가 좋다는 것은 타음의 음색과 음량, 원음, 맥놀이, 여운 등을 총괄하는 말이다. 종의 음질은 종의 재료, 주조 방법, 열처리 조건을 비롯하여 심지어 종을 치는 당목의 재질과 질량, 치는 방법에도 관계된다. 그러므로 에밀레종의 좋은 소리는 종을 이루는 모든 요소들이 복합적으로 작용한 때문이라 할 수 있다.

에밀레종은 64, 179, 399Hz의 주파수를 기본 주파수대로 가진다. 특히 저음의 64Hz대가 만들어내는 여운이 사람의 마음을 평안하게 한다. 이 저음대의 여운이 에밀레종은 다른 종들과 달리 3분대에 이르고 있다. 이 긴 여운 역시 맥놀이 현상 때문이다.

모든 맥놀이 현상이 사람의 마음을 편안하게 해주는 것은 아니다. 맥놀이의 회수는 1초당 6회 정도까지가 귀에 좋은 느낌을 준다. 30-40회에 이르면 오히려 불쾌감을 줄 수 있다.

한편 에밀레종을 매단 곳의 아래 바닥을 보면 평평하지

않고 약간 움푹하게 들어가 있는 것을 볼 수 있다. 한국에서 종을 매단 곳에서는 모두 이러한 구덩이를 볼 수 있다. 이 구덩이는 기타의 울림통과 같은 역할을 하여 소리가 보다 오래 지속되게 하기 위한 것이다.

이렇게 에밀레종은 여러 가지 요인이 복합되어 청각적인 감응을 주려 시도했었다.

현재 국립경주박물관에 보관 중인 신종은 박물관의 정밀 조사를 실시한 결과 신종 윗부분에 약간의 부식현상이 있으나 종의 안전에는 문제가 없으며 타종이 불가능할 정도의 결정적인 결함은 없는 것으로 나타났다.

에밀레종의 역사 또한 그만큼 굴곡적이다.

서라벌 거리는 갑자기 조용해졌다.

사려-사려 하던 장사들도 물건, 짐을 둘러멘 채로 서 있고 엿장수도 가위 소리를 멈추고 귀를 기울이고 서 있다. 수레를 끌고 가던 소도 사람도 서있고 도마 위에 칼질하던 어머니도 일손을 멈추고 귀를 기울이고 있는 것이다.

쾅-드디어 시간이 되어 종소리가 들려왔으나 그것은 금 간 소리였다. 기대하던 시민들은 모두 실망하였다.

실상 이 종은 신라 35대 경덕왕(景德王)께서 아버지 성덕대왕(聖德大王)과 어머님 소덕태후의 명복을 위하여 구리 12만 근을 들여 만들어오던 나라의 큰 불사였던 것이다.

한 번 울리면 온 서라벌 사람들 마음이 모두 밝고 아름답게 될 것이며 그 인연으로 성덕대왕과 소덕태후께서 극락에 계시리라는 믿음으로 정성을 다하여 만든 종이 실패할 줄이야…… 임금의 실망은 여간 큰 것이 아니었다.

“그런 신비한 종을 만들려면 끊는 쇳물 속에 사람을 넣어야 된다. 그것도 마음이 때 묻은 어른은 안 되고 마음이 때 묻지 않은 어린아이라야 된대!”

“돈이라면 몰라도 어느 누가 귀한 자식을 시주할 사람이 있겠어?”

“사람은 누구나 자식을 위해 불공을 드리는데 불공을 위하여 자식을 시주할 사람이야 있겠어?”

“그런 종을 만든다는 것은 가망 없는 일이야!”

시민들이 수군거리며 주고받는 이야기는 꼬리를 물고 서라벌 거리로 퍼져 나갔다.

그 후 경덕왕은 몇 번이나 종 틀에 쇳물을 부어 넣었으나 종에는 금이 가고 기포가 생겨 번번이 실패하였다.

왕은 실망 끝에 세상을 떠나고 말았다. 다음 왕위에 오른 임금은 여덟 살 되는 혜공왕(惠恭王)이었다.

임금이 나이가 어렸으므로 어머니이신 만월부인(滿月夫人)께서 임금을 대신하여 나라를 보살폈다.

“효자는 아버님께서 이룩하시지 못한 일을 계승하여 이루어 드려야 합니다.” 하고 어린 임금께 효도하기를 권했다.

임금은 검교사 병부령(檢校使 兵部令) 김옹(金邕)과 검교사

숙정태령(檢校使 肅政台令) 김량상(金良相)을 불러 경덕대왕께서 이룩하시려던 종을 완성하라는 명령을 내렸다.

김옹과 김양상은 공장이들을 불러 틀을 만들게 하고 그림을 새기게 하고 주종대박사(鑄鐘大博士)를 불러 쇳물을 부을 준비를 서둘라 하였다.

그러나 이번에 또 실패한다면 돌아가신 경덕왕께 다시 실망을 드리는 것이 되고 국민들께도 면목이 없는 일이 되므로 불안했다.

김옹과 김양상은 여러 스님들을 불러 회의를 열고 항간에 떠도는 이야기로는 마음에 때 묻지 않은 천진한 어린아이를 쇳물 속에 넣으면 종이 뜻대로 완성된다 하는데 어떻게 생각하느냐 하고 물었다.

"옛날부터 민심은 천심이라 하였는데 세상에 퍼진 말이니 믿어야 할 것입니다."

한 스님이 대답하였다. 그러나 어디서 아기를 어떻게 시주를 받느냐 하는 데는 좋은 방법이 없었다.

때 묻지 않은 착한 아이를 빼앗으라는 국법도 없고 불법도 없기 때문이었다. 이때 한 스님이 나서서 말했다.

"작년 쇠붙이를 시주를 받기 위해서 어느 마을로 갔더니 아주 가난한 오두막집이 있었습니다. 지나가려 하다가 시주도 복전(福田)을 가는 일인데 가난한 집이라 하여 뺄 수가 없어서 들어갔더니 귀여운 딸애기를 안고 있는 한 어머니가 있습니다. 쇠붙이의 시주를 청했더니 '우리 집은 가난하여 쇠로 만든 것은 아무것도 없고 재산이라고는 요것뿐입니다. 요거라도 받아간다면 드리지요.' 하며 애기를 쳐들고 어르고 있었습니다."

가난 속에서도 모녀의 사랑이 정겨워 그냥 돌아왔는데 이제 일이 이렇게 되었으니 그 아기라도 뺏어다가 인주(人柱)로 바치는 것이 어떻겠는가 하는 이야기였다.

신하들과 스님들은 그 가난한 집에 가서 애기를 뺏어왔다.

어머니는 농담으로 한 말이라 하며 한사코 애기를 내어놓지 않으려 하였다. 그러나 부처님을 속일 수는 없는 일이라 하여 강제로 뺏어다가 끓는 쇳물 속에 집어넣었다.

아름답게 그림을 새긴 종 틀에 쇳물이 부어지자 이상하게도 이번에는 금간 데도 없고 구멍도 없이 훌륭한 신종이 이루어졌다.

종각에 달고 방망이를 흔들어 종을 쳤더니 웅-하고 부드럽고 맑은 소리가 서라벌 장안으로 울려 퍼지는데 그 소리에는 에밀레-라는 애처로운 소리가 섞여 울렸다.

엄마 때문에 쇳물 속에 녹아 종이 된 어린 딸애기의 슬픈 하소연이 종소리에 섞여 울려 퍼지는 것이었다. 사람들은 이 종을 에밀레종이라고 불러오고 있다.

어린아이가 종소리를 좋게 하기 위한 목적으로 쇳물과 함께 녹여졌다는 이야기에 대한 반응은 두 가지로 나누어진다.

첫째는 전설의 내용이 사실이라는 것이다. 아기가 진짜로 희생됐다는 주장은 에밀레종 속에 린(燐)의 성분이 소량이나마 포함되어 있는 것으로 증명된다. 사람의 뼈나 동물의 뼈 속에 있는 린의 성분은 물질의 합성이나 합금을 만들 때 신기한 작용을 하는 것으로 알려져 있다. 그리고 일반적으로 우리나라의 무쇠와 청동불상에는 인이 소량 들어 있으므로 에밀레종 속에서 린이 발견되는 것은 전혀 이상한 일이 아니다.

그리고 신라 시대에 불교가 매우 성했다는 것을 감안하면 봉덕사의 신종에 포함된 린은 동물의 뼈라기보다는 인신공양으로 사람의 뼈가 녹아들었다는 것이 설득력 있다는 주장이다. 1970년대의 정밀 조사에 의하면 에밀레종에서 한 어린아이의 유체에 해당하는 린이 검출되었기 때문이다. 물론 어린아이에 포함된 양은 극미하여 종소리에 미치는 영향은 미지수이지만 말이다.

두 번째는 어린아이의 희생으로 종을 만들었다는 것은 상식적으로 있을 수 없다는 주장이다. 사람의 목숨은 물론 짐승의 생명조차 존중하여 살생을 금하는 불교에서 인신공양과 같은 전설이 실제로 일어났다고는 믿을 수 없다는 주장이다. 포항산업과학연구원은 국립경주박물관의 의뢰로 1998년 8월, 에밀레종을 분석하였더니 뼈의 주성분인 린이 전혀 검출되지 않았다고 발표하였다. 에밀레종 12군데서 샘플을 채취, 분석 시료 안에 1천만분의 1% 이상 들어가 있는 성분은 모두 검출할 수 있는 극미량원소분석기로 분석한 결과 린이 전혀 검출되지 않았다는 것이다.

똑같은 에밀레종의 검사를 두고 시험 결과가 엇갈리지만 포함산업과학원에서도 자신들의 분석 때문에 전설이 무조건 근거가 없다는 얘기를 해서는 곤란하다는 단서를 달았다. 사람의 비중이 구리보다 가벼우므로 전설처럼 어린아이를 넣었다면 우로 떠서 타기 때문에 쇠찌꺼기처럼 남게 된다. 만약에 에밀레종 제작 당시에 이것을 불순물로 생각하여 제거했다면 린이 검출되지 않을 수도 있다는 견해였다.

결국 에밀레종에 대한 전설은 린의 발견과 관계없이 과학으로도 풀 수 없는 신비의 영역을 계속 지니게 된다는 뜻이다. 에밀레종의 주조에 신라의 모든 염원이 쏟아졌다는 것을 생각하면 현대인의 감각만으로 어린아이의 인신공양에 대한 진위 여부를 단정 지을 수는 없다는 뜻으로 풀이된다 할 것이다. 과학의 해부는 풀이를 계속해나가야 할까보다.

에밀레종은 지금 경주 박물관 종각에 달려있는 성덕대왕신종(聖德大王 神鍾)을 말하는 것이다.

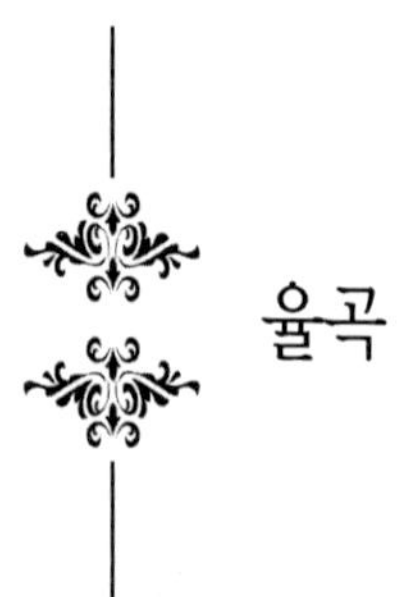

율곡

이이(李珥)는 1536년(중종 31)에 태어나 1584(선조 17)년까지 살았던 조선 중기의 문신, 학자이다. 본관은 덕수(德水)이고 자는 숙헌(叔獻), 호는 율곡(栗谷), 석담(石潭), 우재(愚齋)이다.

그의 아버지는 사헌부감찰 원수(元秀)이며 어머니는 사임당(師任堂) 신씨(申氏)이다. 어려서는 주로 어머니의 가르침을 받았으며 1548년(명종 3) 13세의 나이로 진사시에 합격했다. 16세에 어머니를 여의자 파주 두문리 자운산에서 3년간 시묘(侍墓)했다.

1554년 성혼(成渾)과 교분을 맺었다. 그해에 금강산에 들어가 불교를 공부하다가 다음 해 하산하여 스스로 자경문

(自警文)을 짓고 다시 유학에 몰두했다.

1558년 23세 되던 해에 예안(禮安)의 도산(陶山)으로 가서 당시 58세였던 이황(李滉)을 방문했다. 그 뒤에도 여러 차례 서신을 통하여 경공부(敬工夫)나 격물(格物), 궁리(窮理)의 문제를 왕복문변(往復問辨)했다. 1564년 식년문과에 장원급제하기까지 모두 9번에 걸쳐 장원을 하여 세간에서는 그를 '구도장원공'(九度壯元公)이라 일컬었다.

1564년 호조좌랑에 처음 임명된 뒤 예조좌랑, 정언, 이조좌랑, 지평 등을 지냈다. 1568년(선조 1) 천추사(千秋使)의 서장관(書狀官)으로 명(明)나라에 다녀왔으며 부교리로서 춘추관기사관을 겸하여 ≪명종실록≫ 편찬에 참여했다.

이듬해 사직했다가 1571년 다시 청주목사로 복직했고 다음 해 다시 해주로 낙향했다. 1573년 직제학이 되고 이어 동부승지로서 참찬관을 겸직했으며 다음 해 우부승지, 병조참지, 대사간을 지낸 뒤 병으로 사직했다.

그 후 황해도관찰사에 임명되었으나 다시 사직하고 율곡과 석담에서 학문연구에 전념했다. 1581년 대사헌, 예문관제학을 겸임하고 동지중추부사를 거쳐 양관대제학(兩館大提學)을 지냈다. 이듬해 이조, 형조, 병조의 판서를 역임하고 1583년 당쟁을 조장한다는 동인의 탄핵으로 사직했다가 같은 해 다시 판돈녕부사와 이조판서에 임명되었다. 이듬해 정월 49세를 일기로 죽었다.

이이의 리기론(理氣論)이 가지는 특색은 다음과 같다. 리(理)는 무형무위(無形無爲)한 존재이며 기(氣)는 유형유위(有形有爲)한 존재로서 이는 기의 주재자(主宰者)이고 기는 이의 기재(器材)이다. 즉 리는 이념적 존재이므로 시공을 초월한 형이상적(形而上的) 원리로서 만물에 공통적인 것이며 기는 질료적(質料的), 작위적(作爲的) 존재로서 시공의 제한을 벗어나지 못하는 형이하적(形而下的) 기재로 국한적인 것이다.

이이는 이와 같이 무형과 유형의 차이로 리통(理通)과 기국(氣局)을 설명하고 유위와 무위의 차이로 기발(氣發)과 리승(理乘)을 설명했다. 이처럼 이이는 이존론(理尊論)을 주장하는 이황과 달리 리의 능동성을 부정하고 리기의 부잡(不雜)보다는 불리(不離)를 강조했다. 즉 리기가 서로 떨어질 수는 없지만 묘합(妙合)한 가운데 리는 리이고 기는 기여서 서로 협잡할 수 없는 것이므로 일물(一物)이 아닌 것이며 리는 리이고 기는 기라고 하더라도 리와 기는 혼륜무간(渾淪無間)해서 선후와 리합이 없기 때문에 이물(二物)이 아니라는 논리이다.

따라서 리와 기는 서로 독립해서 존재하는 것이 아니며

다만 리와 기의 성질을 구분하여 형이상, 형이하라고 말하는 것이다.

이러한 그의 리기관은 그대로 인간관에 반영된다. 먼저 사단칠정(四端七情)에 대한 견해를 살펴보면 그는 칠정은 사단을 포괄한다고 주장했으며 이에 따라 본연지성(本然之性)과 기질지성(氣質之性)을 본래 하나의 성으로 여기고 이만을 지칭할 때에는 본연지성이라 하고 리와 기를 서로 관련시켜 파악할 때에는 기질지성이라 한다고 했다. 기질지성은 본연지성을 겸하게 되는 것이다.

또 인간의 모든 감정을 총괄하여 말하면 칠정이고 그중에서 특히 선일변(善一邊)만을 지칭하면 사단으로서 칠정은 사단을 포함하는 것이라고 했다. 따라서 본연지성과 기질지성, 사단과 칠정은 근원적으로 둘이 아닌 것이다.

이러한 관계는 인심(人心)과 도심(道心)의 관계에서도 마찬가지이다. 즉 사단은 도심이라 할 수 있고 칠정은 인심과 도심을 총괄해서 말한 것이라 할 수 있다. 결국 인심에는 천리(天理)도 있고 인욕(人欲)도 있어서 인심과 도심은 근원적으로 둘이 아니며 인심과 도심은 다만 도의(道義)를 위해서 발했는가, 육체적 욕망을 위해서 발했는가에 따라 구분된다는 것이다.

따라서 이러한 견해는 인욕을 천리에 배치된다고 보는 기존의 천리인욕설과는 대비되며 인간의 의식주에 대한 초보적인 욕구를 당연시함으로써 생산의 발전을 위한 노력을 긍정하는 견해로 이어진다. 다음으로 이이는 모든 사물이 변화한다고 여겼다. 그는 변화의 기초에 음양이 구비되어 있는 동(動)과 정(靜)의 속성과 그 음양을 동정하게 하는 법칙성이 작용한다고 생각했으며 그 운동변화의 원인을 기 자체의 속성 대신 소이연(所以然)으로 설명했다. 주목되는 것은 그가 변화에 대한 이해를 사회현상에 적용한 것이다. 그의 변법사상의 기초가 여기에 있는 것이다.

::사회개혁사상

이이는 16세기 후반의 조선사회가 중쇠기(中衰期)로서 오랫동안 도학(道學)이 행해지지 않아 시폐(時弊)가 쌓여 있으므로 리의 개혁이 필요하다고 보았다. 이때 시폐는 공물 납부와 진상의 폐해, 군역의 불균, 관리들의 부정 등이었다. 이에 그는 공물분정을 공평하게 하고 진상을 경감할 것을 주장했으며 나아가 잡다한 일체의 공물을 폐기하고 전답의 면적에 따라 쌀을 징수하는 수결수미법(隨結收米法)을 전국에 시행할 것을 제안했다. 호조의 관리로 하여금 전국의 한정(閑丁)을 조사, 색출하여 이들을 군적에 편입시키는 한편 변장(邊將)들이 군졸들을 수탈하는 것을 방지하기 위하여 그들의 생활을 그 지방의 창고곡식으로 보장해주는 방안과 군졸들이 휴식할 수 있도록 병역교대제를 실시할 것을 주장했다.

또한 진전개간(陳田開墾)을 장려하기 위해 휴한지나 황무지를 개간할 경우 실제 경작면적에 따라 세를 부과할 것을 주장했으며 파산상태에 빠져 있는 국가재정을 바로잡기 위해서 수입을 헤아려 지출할 것과 관료기구를 간소화하고 낭비를 근절하여 국가재산의 손실을 방지할 것을 제안했다.

이이는 이러한 제반 시폐의 개혁은 시세(時勢)가 마련되어야 실현될 수 있으며 그 실현여부는 군주의 개혁하려는 입지(立志)와 이를 뒷받침할 수 있는 현신(賢臣)이 있는가 없는가에 달렸다고 여겼다. 특히 가장 이상적인 통치형태로서 도학이 행해지는 삼대지치(三代之治)의 회복은 군주 일인에 달려 있다고 보았다. 이때 도학이란 격치(格致)로써 선(善)을 밝히고 성정(誠正)으로써 몸을 닦아 몸에 쌓이면 덕(德)이 되고 그것을 정사에 베풀면 왕도(王道)가 되는 학문이다.

이처럼 이이는 개인의 윤리도덕규범, 가치규범이 그대로 확충되어 통치규범이 된다고 보았다. 이러한 이유로 이이는 성학(聖學)의 이름으로 군주를 교도하여 그 기질을 변화시켜야 한다는 일종의 군주개조론인 ≪성학집요≫(聖學輯要)를 저술하여 선조에게 올렸다.

그리고 시폐의 개혁은 단지 시폐의 혁거(革去)에 그치는 것이 아니라 개혁을 통해 양민(養民)에 이르는 것으로 이를 바탕으로 백성을 주자학적 질서에 순응하도록 교화시키고자 했다. 결국 그의 개혁론은 시폐의 개혁, 양민 그리고 백성의 교화로 완성되는 것이다. 그의 개혁안의 시행여부를 결정하는 개혁기구인 경제사(經濟司)를 설치하자는 건의가 받아들여지지 않았던 실정에서 향약은 그의 개혁사상을 실천하는 한 방도가 될 수 있었다.

그는 파주향약의 서문(序文)을 짓고 서원향약(西原鄕約), 해주향약(海州鄕約), 사창계향약(社倉契鄕約), 해주일향약속(海州一鄕約束) 등을 만들었다. 이 향약의 사회적 기능은 지방사족의 주도로 농업생산층이 토지로부터 이탈하는 것을 방지하고 향촌사회의 신분질서를 유지하기 위해 유교적 윤리 및 가치관 등을 향촌민에게 주입시켜 사족 중심의 향촌질서를 유지하는 것이었다.

결국 이이의 개혁사상은 16세기 사회발전의 진전에 따라 동요하는 사회체제와 신분질서를 다시 주자학적 세계관으로 고정시키고자 한 것이었으며 이를 위해 이이는 점진적으로 각종 제도를 개혁하고 향촌질서의 안정을 도모하고자 한 것이었다.

::정치운영론

이이는 붕당(朋黨)을 국가정치를 문란하게 하는 요소로서
가 아니라 소인이 무리를 이루듯 뜻을 같이하는 군자들끼
리 집단을 이루는 불가피한 정치의 현상으로 보아야 한다
고 주장했다. 이러한 입장은 주자의 붕당론에 근거한 군자
소인변(君子小人辨) 위주의 붕당론이라 할 수 있는데 이는
붕당긍정론에서 출발하여 군자당, 소인당의 엄격한 분별과
진퇴를 강조함에 의해 군자당으로 자부하는 사림의 정치활
동을 정당화해주는 논리였다.

그러나 심의겸(沈義謙), 김효원(金孝元) 사이의 시비로 인
하여 분붕(分朋)의 조짐을 보이던 1575년 이후 이이는 그
해소에 진력하는 과정에서 자신의 붕당론을 수정하게 된다.
이이는 동인, 서인이 모두 사류(士類)이며 그 분열은 의견의
차이에서 연유한 것이기 때문에 기존의 입장인 군자소인변
은 적용시킬 수 없다고 주장했다.

대신 동서를 타파하는 방법으로 양시양비설(兩是兩非說)
과 보합조제론(保合調劑論)을 제시하게 된다. 먼저 동인,
서인 명목 성립의 기초가 된 이른바 심의겸, 김효원 시비에
대해 양시양비론을 적용하여 비생산적인 논쟁을 마무리 짓
고 함께 조정에 나와 보다 막중한 국사와 민생문제에 중지
를 모아야 한다고 주장했다.

그러나 1583년 자신을 소인으로 공격하는 삼사의 언관에 대해서 엄정한 시비분별을 요구한 데서 알 수 있듯이 모든 논쟁에서 양시양비론을 적용시킨 것은 아니었다. 다음으로 동인과 서인에 군자만 있는 것이 아니라 소인도 있을 수 있다는 이유로 당론 위주의 인사정책에 반대하고 당색에 구애되지 않는 조용(調用)을 주장했다.

그러나 그것은 무조건적인 수용이 아니라 청탁(淸濁)을 분별한 것이었고 집권세력에 의해 수행되어야 하는 것이었다. 이와 같은 보합조제론은 수십 년에 걸친 훈척과의 투쟁에서 체득한 집권당을 견제할 수 있는 상대세력이 필요하다는 인식과 난국을 타개하기 위해 사류의 중지를 모아야 한다는 필요성에서 나온 것이었다.

이상과 같은 이이의 사상은 17세기 이후 그의 문인들로 형성된 서인 노론계에 의해 계승되어 이들의 정치사상, 정국운영의 기반이 되었다. 이 시기 격렬하게 진행되던 봉건사회 해체 양상에 신진관료, 지주 중심의 정치사회 운영론으로 대응하고자 했던 이들은 이이의 사상이 주자학을 정통으로 계승한 것임을 밝히는 데 주력하는 한편 이황이나 조식(曹植) 등의 사상을 계승한 학파, 정파를 배제함으로써 정국의 주도권을 장악할 수 있었다. 특히 17~18세기의 격변기에 김장생(金長生) - 송시열(宋時烈) - 한원진(韓元震)으로 이어지는 이이학파는 이 같은 작업에 토대를 놓음으로

써 이후 정치, 사상계의 이념적 기반을 마련했다.

저서로는 ≪성학집요≫, ≪격몽요결≫, ≪소학집주개본≫(小學集注改本), ≪중용토석≫(中庸吐釋), ≪경연일기≫(經筵日記) 등이 있다. 문묘에 종향되었으며 파주 자운서원(紫雲書院), 강릉 송담서원(松潭書院), 풍덕 구암서원(龜巖書院), 황주 백록동서원(白鹿洞書院) 등 20여 개 서원에 배향되었다. 시호는 문성(文成)이다.

평양의 황고집

고집쟁이로는 숙종 때 사람인 황순승(黃順承)을 첫손가락 꼽는다. 평양 사람인 그는 이름보다는 황고집(黃固執)이란 별명으로 흔히 불렸다. 당숙과 함께 성묘를 하러 간 황고집이 묘가 있는 산까지 얼추 20리쯤 떨어진 곳에 이르자 말에서 내려 눈이 녹은 진흙탕 길을 걸어가는 것이었다. 당숙이 왜 그러냐고 묻자 "묘가 있는 산이 보입니다!"라고 했다. 당숙도 할 수 없이 말에서 내려 천신만고 끝에 성묘를 하고 돌아왔다. 그 뒤 당숙은 늘 그 일을 말하며 "쯧쯧, 순승아!"라고 혀를 차며 다시는 같이 다니지 않았다.

황고집이 밤길을 가다가 도적떼를 만나서 타고 가던 말을 빼앗겼다. 도보로 얼마를 가다가 걸음을 돌려 돌아와서는 손에 잡고 있는 채찍을 주면서 "말이 말을 듣지 않을 때는 이 채찍을 쓰시오!"라고 말하고는 되돌아갔다. 도적이 놀라서 "당신 혹시 황고집 씨가 아니오?"라고 물었다. 그렇다고 하자 도적떼는 "현자(賢者)가 타던 말이다!"라고 하며 그냥 가버렸다.

조선 시대의 문신 황순승은, 고집으로도 유명했지만, 효자로도 소문이 대단했다. 나중 그의 효성은 나라에까지 알려져, 1706년 숙종은 그의 효를 기리는 뜻에서 그에게 '직장'이란 벼슬을 내리기도 했다. 황순승이 얼마나 까다롭게 예절을 따졌는지를 말해주는 일화가 있다. 평양에 사는 그가 어느 날 볼일이 있어 한양을 들르게 되었다. 분주히 길을 가다가 그는 우연하게 어릴 적 벗을 만났다.

"자네, 이거 몇 해 만인가?"

"평양 촌뜨기라고 한양에 올라오면 안 되는 법이라도 있나?"

"반가워서 하는 말일세. 그런데 우리가 여기서 한가롭게 떠들고 있을 때가 아니네. 자네 남산골에 살던 강처지 기억나나?"

"기억하다마다. 글벗을 어찌 잊는단 말인가. 나랑은 자주 서신 교환을 하고 있다네. 그런데 그 친구가 어떻게 되기라도 했단 말인가?"

"그러기에 내가 서둘자는 거 아닌가. 그 친구 이제 이승 사람이 아닐세. 어제 눈을 감았다네. 나도 방금 그 소식을 들고 허겁지겁 문상을 가는 길이네. 잘 만났네, 함께 가세.”

그러자 황순승은 고개를 설레설레 내저었다.

“아닐세, 나는 서둘러 평양으로 내려가야겠네.”

“이 사람아, 어릴 적 벗이 죽었다는데 평양에 내려가겠다는 건 무슨 망령된 말인가? 한양에 왔으니 의당 친구 문상을 해야지.”

황순승은 여전히 고개를 내저으며 차분차분 말했다.

“여보게, 내가 이번에 한양에 올라온 것은 볼일이 있어서였네. 그런데 오랜 벗이 죽었다니, 이번에 찾아가면 영이별을 해야 되는 거 아닌가. 그렇다면 예의를 갖추어 정중하게 찾아가야지 딴 볼일 보러 왔다가 겸사겸사 찾아갈 수는 없네.”

“그럼, 자네 평양 집에 내려갔다가 다시 올라오겠다는 건가?”

“암, 그렇고말고.”

“자네 고집은 내 이미 알고 있네만, 그건 지나친 처사일세.”

“아닐세, 죽은 친구를 어찌 소홀히 대한단 말인가. 그럴수록 더욱 예의를 갖추어야지.”

결국 황순승은 서둘러 평양으로 내려간 다음 문상 가는 차림을 하고는 다시 한양으로 올라와 남산골 강 첨지의 초상에 참석했다. 한양에서 평양까지 5백 리, 그러니까 왕복 천 리를 오가며 상경해 문상한 셈이다.

황순승이 고집을 피운 일화는 하나같이 엉뚱하고 기발하기 짝이 없다. 누가 뭐라 하든지 스스로 옳다고 생각하면 과감하게 행동으로 옮겨, 남의 이목이나 빈정거림에 흔들리지 않았다. 사람들은 그런 그를 편협한 고집쟁이로 내놓았다. 그런데 그의 행동에는 일관된 그 무엇이 있다. 부모에 대해 공경하고, 남에게 예의를 갖추며, 살아있는 것을 죽이지 아니하며, 소박하게 천진함을 지킨다는 원칙이다. 그 원칙을 편의와 이익 때문에 수정하지 않고 고집스럽고 철저하게 지키려 했다. 호를 집암(執庵)이라 했는데, 집(執) 자에 원칙주의자의 소신이 풍긴다. 이 호는 '중용'에 나오는 "선을 택하여 굳게 지키라(擇善而固執之)"라는 문구에서 따온 것일 게다. 엉뚱하고 편협하며, 한편으로는 어이없게 느껴지는 그의 행동을 미워할 수 없는 이유는 선하고 천진한 마음을 읽을 수 있기 때문이다.

그의 별명 황고집은 융통성 없이 집요하게 제 주장을 펴는 사람의 대명사가 되었다. 생존 시부터 먼 후대까지 그는 평양을 대표하는 인물의 하나로 꼽혔다.

다음은 그의 고집을 말해주는 일화 한 토막이다. 황순승이 사는 마을에 제법 폭이 넓은 개울이 있었는데, 평소에는 괜찮지만 장마철만 되면 따로 징검다리를 놓지 않고는 건너다닐 수가 없었다. 그래서 마을 사람들이 힘을 합해 돌다리를 놓게 되었다. 처음에는 하찮은 일이라고 생각하여 쉽게 시작을 했는데, 막상 해보니 여간 어려운 일이 아니었다. 무엇보다 큰 돌을 구하기가 힘이 들었다. 그런데 마침 근처 주인 없는 무덤가에 쓸 만한 돌이 꽤 널려 있었다. 마을 사람들은 잘되었다는 듯, 그 무덤가의 돌을 빼와 돌다리를 쌓는 데 썼다. 이 사실을 알게 된 황순승은 노발대발을 했다.

"고얀 사람들 같으니라구. 아무리 주인 없는 무덤이라지만 그곳 돌을 빼 쓰다니……. 나는 앞으로 절대로 그 돌다리를 밟지 않을 테다."

과연 그 뒤로 황순승은 실제로 그 돌다리를 밟지 않았다. 옛 무덤에서 나온 회(灰)로 만든 다리인 만큼 함부로 밟을 수 없다는 데서였다. 어쩌다 그 개울을 꼭 건너야 할 일이 있으면 바짓가랑이를 벗어 올린 채 점벙점벙 내를 건넜다. 그것을 본 마을 사람들은 그의 고집에 혀를 내둘렀다.

그런데 그 돌다리가 생기자 한 떼의 도둑들이 밤에 그 밑에 숨어 다리목을 지키다가, 혼자 지나가는 행인의 짐을 털기 시작했다.

"차림으로 보니 행세깨나 하는 선비인 모양일세. 값진 물건 잔뜩 지니고 있어야 할 텐데."

"쉿, 개울가에 다 왔네."

도둑들이 숨어 벼르고 있는지도 모르고 개울가로 온 선비는 다리 건널 생각은 않고, 버선을 벗더니 바짓가랑이를 걷어 올렸다. 그러고는 맨발로 점벙점벙 내를 건너는 게 아닌가. 도둑들은 대뜸 그 선비가 누군지를 알 수 있었다.

"황고집, 그 양반이군."

"과연 소문대로야."

황고집, 그가 바로 황순승이었던 것이다. 이렇게 고집스럽고 까다롭게 예의를 따지는 황순승이지만, 또 효성이 지극하여 나라에서 벼슬까지 내린 황순승이지만, 그의 예절 어긋남을 말없이 꾸짖은 사람이 있다. 다른 사람 아닌 그의 며느리가 그 주인공이다.

황순승의 아들이 나이가 차 며느리를 맞게 되었다. 예의범절 까다롭게 따지는 황순승인 만큼, 얼마나 며느릿감을 고르고 골라 맞아들였겠는가. 며느리를 얻은 다음 날, 황순승은 일찍 일어나 옷매무새를 단정히 하고 며느리가 아침 문안 인사 오기를 기다렸다. 그런데 어찌된 일인지 아무리 기다려도 며느리는 모습을 나타내지 않았다. 기다리다 못해 황순승은 짜증을 내며 계집종을 불렀다.

"새아기가 아직 자리에 있는 건 아니렷다?"

"예, 벌써 일어나 세수하고 단장까지 마쳤습니다."

"그런데 왜 나에게 아침 문안 인사를 오지 않는 거지?"

"그렇지 않아도 제가 그 말씀을 드렸더니, 아직 더 기다려야 된다고 하셨습니다."

"기다려야 된다고? 무엇을 말이냐?"

"영감마님께서 먼저 사당 문안을 드린 다음에 문안 인사 드리는 법이라고 하셨습니다."

"아뿔싸!"

사당이란, 집안 대대로 내려오는 조상의 위패를 모시는 곳이다. 문안 인사란 윗사람부터 차례로 하는 것이 제대로 된 격식인 만큼, 며느리는 시아버지가 먼저 사당에 다녀오기를 기다리고 있었던 것이다. 옳은 순서였다. 황순승은 그제야 깨닫고 사당을 다녀왔다. 아무리 예의범절에 까다롭고 효성이 지극한 황순승이라 하더라도, 나이 어린 사람으로부터 배우고 깨우칠 점이 있었던 것이다.

이 밖에도 연회에 참석하면 기악을 일체 거들떠보지도 않았으며, 다른 사람이 그를 시험하기 위하여 억지로 술에 취하도록 먹여도 마찬가지였다는 이야기도 있다.

평범한 사람이 하기 어려운 일만을 골라 했으나 평양 사람들은 그를 미워하지 않았다. 이덕무는 황고집이 물정에 어두운 사람처럼 보이지만 오히려 편협한 사람의 정신을 일깨운다고 치켜세웠다. 그는 가정 내에서 더욱 엄한 원칙을 세워 집안을 이끌었다. 그의 증손자인 황염조(黃念祖)가 가풍을 이어 시인으로 알려졌고, 현대에 이르러 저명한 소설가 황순원 씨도 그의 후손이라 한다. 모두 시류에 흔들리지 않은 고집스런 원칙을 지키는 분들로 알려져 있다.

▌약력

원　명 - 정룡범
아　호 - 매상, 효두
펜네임 - 정미소, 해림
일　명 - 하오동, 안정
1959년 7월 23일 중국 연길현 하오동에서 경주 정씨 장자로 출생
연변대학 조선언어문학전업수료
농민, 소학교 교원, 중학교 교원, 방송국 기자, 문화국 창작원, 신문사 특약기자 등 직종에 근무
중단편소설, 산문, 시, 수필, 실화, 가사, 평론, 희곡, 잡문, 동화, 민담 등 작품 1,000여 편(수) 발표
한얼패상, 연변일보문화상, 향토수필상, 화신문화상, 정음상, 라지오문학상, 송원컵대상, 국제언론1등상, 해외동포문학평론우수상, 한국농촌문학상, 2008한국KBS서울프라이즈우수상 등 53차 문학상 수상

▌저서

《어휘묘사실용수첩》(공저) 1994년 연변인민출판사
《호랑이를 이긴 산토끼》 1998년 료녕민족출판사
《함경도사람》 2005년 한국학술정보(주)
《구제비둥지》 2005년 한국학술정보(주)
《달나라게집》 2006년 한국학술정보(주)
《응달골무꽃》 2006년 한국학술정보(주)
《진달래혼취》 2006년 한국학술정보(주)
《아리랑고개(반도 인물전)》 2009년 한국학술정보(주)
《오작교 유래(반도 설화집)》 2009년 한국학술정보(주)
《고수레전설(반도 민속편)》 2009년 한국학술정보(주)
《주무랑마봉(중국 전설집)》 2009년 한국학술정보(주)
《해란강여울(간도 가이드)》 2009년 한국학술정보(주)
《일본기모노(세상 나들이)》 2009년 한국학술정보(주)
《오봉산희비(연변 기행문)》 2009년 한국학술정보(주)

중국연변인민방송국 문학부 부장
연변작가협회산문창작위원회 위원장
중국소수민족작가협회회원,
한국해외문화교류회 중국측리사
E-mail:za723@hanmail.net

문화시리즈❶ 반도 인물전

아리랑고개

초판인쇄 | 2009년 3월 20일
초판발행 | 2009년 3월 20일

편저자 | 정호원
펴낸이 | 채종준
펴낸곳 | 한국학술정보㈜
주 소 | 경기도 파주시 교하읍 문발리 513-5 파주출판문화정보산업단지
전 화 | 031) 908-3181(대표)
팩 스 | 031) 908-3189
홈페이지 | http://www.kstudy.com
E-mail | 출판사업부 publish@kstudy.com

등 록 |
가 격 | 25,000원

ISBN   978-89-534-1095-4 94810 (Paper Book)
       978-89-534-1110-4 98810 (e-Book)
       978-89-534-1076-3 94810 (Paper Book Set)
       978-89-534-1094-7 98810 (e-Book Set)